KB069984

와인 너머,
더 깊은

Over the wine, deep and deep

거기에는

모두가 질서와 아름다움

사치와 적막

그리고 쾌락

Charles Baudelaire

마숙현 지음

사무사책방의 책은 실로 꿰매어 만드는 사철 방식으로 제본했습니다.
오랫동안 곁에 두어도 손상되지 않습니다.

와인 너머,
더 깊은

Over the wine, deep and deep

마숙현 지음

사무사책방
Flaneur

하이디에게

거기에는 모두가 질서와 아름다움
사치와 적막 그리고 쾌락

Charles Baudelaire, 「여행에의 초대」

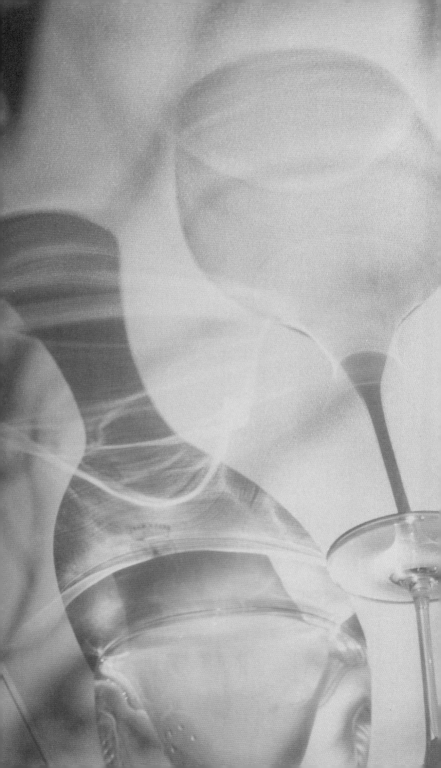

책머리에   015

Part1 와인을 듣다

애인의 친구를 사랑한 샤갈   021
-무슨 일이니. 테아, 내가 너한테서 뭘 빼앗았니?
Flora Springs TRILOGY 2005, Napa Valley

잊을 수 없는 사람   028
 -냉정과 열정 사이
La Brancaia IL BLU 2005

안동역에서   035
-기다리는 내 마음만 녹고 녹는다
MAJUANG Moesel Riesling

러브 레터   042
-잘 지내고 있나요, 전 잘 지내고 있어요
Domaine Bernard Defaix Chablis Grand Cru BOUGROS 2018

포도밭의 포르노그래피   050
-사랑을 부르는 와인
Bibi Graetz SOFFOCONE di Vincigliata 2016, Toscana

혹은, 기다림이 사랑이 될 때   058
-사랑과 와인은 기다릴 줄 아는 자에게 유혹의 신호를 보낸다
Dona Maria AMANTIS Reserva 2013

라일락 와인을 주세요   064
-진정한 내추럴 와인은 생명에 대한 찬미다
BENJAMINA Artesano Vintners 2018 화이트(펫낫)
PARELLATXA Artesano Vintners 2018 로사토

Part2 와인을 읽다

삶의 긍정을 위한 에로티시즘   077
-쾌락은 만질 수 있는 것과 유한한 것을 필요로 하지
그 너머의 것을 좋아하지 않는다
PIETRA D'ONICE SANT'ANTIMO 2003 Casanova di Neri

위대한 여름   084
-새롭고 한없이 넓은 여름이 온다
DER SOMMER WAR SEHR GROSS Risling 2012 Mosel Franzen

여기서부터는 자유다   092
-매력적인 세상을 꿈꾸는 모든 이들을 위한 젝트
DICHTERTRAUM Mosel Riesling Sekt Brut

어디서나 피는 장미, 산티아고 가는 길   100
- 바다를 품은 와인
Santiago Ruiz'O ROSAL' Rias Baixas 2015

바롤로가 던지는 질문   105
-고집스럽고 야만적인 바롤로 이해하기
Rocche Costamagna Bricco Francesco BAROLO Riserva 2011

늙은 포도나무처럼   114
-지금이 몇 시냐고 묻는다면 '지금은 취할 시간'
Kaesler OLD BASTARD Shiraz 2006

서두르지 말고 기다려라   124
-카사노바 디 네리의 포도에 대한 안목
Casanova di Neri Brunello di Montalcino CERRETALTO 2004

Part3 와인을 쓰다

샴페인 예찬   135
-샴페인은 단순한 술이 아니다. 그것은 마음 상태의 표현이다
Champagne Bruno Paillard ASSEMBLAGE 2008

로마 황제도 루이 14세도 부럽지 않다   146
-아름다운 곳에서 맛있는 와인이 만들어진다
Tenuta Delle Terre Nere Etna Rosso FEUDO DI MEZZO 2006

로버트 파커 100점 와인   152
-심오하고 복잡하고 아주 독특한 와인
Rene Rostaing Cote Rotie LA COTE BLONDE 2015
Rene Rostaing Cote Rotie LA LANDONNE 2015

예술은 위반이다   161
-토파즈 빛으로 튀는 향기
Cremant de Bourgogne, Blanc de Blancs Brut, LOU DUMONT

스포츠적인 메타포로 예술을 탐구한 작가, 매슈 바니   168
-몸에 대한 새로운 탐구
Pasqua, DESIRE LUSH & ZIN PRIMITIVO Puglia 2019

마라톤을 왜 하는가?   176
-달리기의 어려움이 달리기의 가치이다
BAREFOOT Bubbly Pink Moscato

달리기에 입문한 지 20년이 되었다   186
-몸속에 갇혀 있는 신의 불꽃
NIEPOORT 10 Years Old Tawny Porto

Part4 와인을 말하다

늑대를 길들일 수 있을까   199
-늑대는 우리로부터 멀리 있지 않다
Weingut Staffelter Hof, LITTLE RED RIDING WOLF 2018
Mosel, Germany

와인은 시간과 공간이 기록되는 장부다   208
-과거는 죽어버린 것이 아니다
CHATEAU LAFITE-ROTHSCHILD 1952

공릉천 갈대의 군무   218
-갈대숲은 하나의 유토피아
Duckhorn CANVASBACK Cabernet Sauvignon 2016

도시는 우리를 불안하게 한다   226
-미국적 고독의 이미지를 찾아서
FORMAN Napa Valley 2005

고대 와인은 무슨 맛이었을까?   238
-와인은 만들어지는 것이 아니다. 태어나는 것이다
KTW RKATSITELI Qvevri Wine 2017
KTW SAPERAVI Qvevri Wine 2018
Kakheti Georgia

Part5 와인에 더하여 커피, 헤이리
그리고 세상 읽기의 어려움

사랑은 커피와 함께 시작된다 251
-커피 맛의 변천사
ETHIOPIA CHELBA Natural Single Origin

아침엔 커피, 저녁엔 키스! 257
-나는 커피에서 무엇을 보았나?
GUATEMALA Santa Monica Premium Single Origin

왜 스페셜티 커피일까 262
-한 잔의 인생 커피는 내가 실존하고 있음을 일깨워주는
구체적 느낌이다
COLOMBIA La Francia Single Origin

스타벅스 밀라노 1호점의 세일링 포인트는 무엇인가 267
- 미각이 싫증 난 시대, 새로운 감각과 경험에 굶주린 고객들
STARBUCKS Caffe Mocha

헤이리 브랜딩 274
-브랜딩은 변화를 불러일으키는 힘이다
L'INSIEME Vino Rosso da Tavola Elio Altare

지역의 가치를 발견하라   283
-로컬 푸드, 슬로라이프, 슬로시티를 향하여
MEORU de SEO 파주 감악산 산머루 농원

스스로 꿈을 이루면서 남을 도울 수 있게   293
-헤이리 예술마을의 퍼스낼리티 식물감각
ARBORINA Langhe, Elio Altare 2004

세상 읽기의 어려움   300
-이제 진실한 것은 아무것도 없다.
그래도 삶은 꽃보다, 때로, 아름답다
Domaine Gros F&S RICHEBOURG 2009

책을 읽기만 하다가, 책을 쓰는 것은 새로운 경험이었습니다.

여름이 끝자락을 향해가던 어느 날, 세상은 코로나바이러스로 어지럽고 읽고 있는 책은 너무 두껍고 (읽어야 할 책 두 권이 2,000쪽이 넘었습니다) 인생은 아무런 설명이나 결과 없이도 언제든지 끝날 수 있을 것 같았습니다. 미래는 불확실하고 내 존재가 여지없이 흔들릴 때 스스로에게 위로를 줄 수 있는 방법이 있을까? 지체 없이 읽던 책을 덮고 컴퓨터 앞에 앉았습니다. 그렇게 가을이 왔고 나뭇잎이 떨어졌습니다.

처음으로 책을 독자에게 선보인다는 것은 부끄럽고 두렵기도 하지만 나는 이 상황을 즐기고 싶었습니다. 부끄러운 것은 그냥 들키고 싶지 않은 나의 몫입니다.

와인에 관한 책을 쓰려고 했지만 와인의 객관적 사실에만 몰두할 필요는 없다고 생각했습니다. 나의 삶에서 와인의 위치가 어디쯤인지, 와인이 내 인생에서 어떤 역할을 하는지, 와인이 나와 어떤 관계를 맺고 있는지, 내가 와인을 어떤 방법으로 즐기는지, 와인에 대해 무슨 말을 하고 싶은지, 또한 그동안 와인에 대해 하지 못했던 이야기를 하고 싶었습니다. 다시 말하면 나의 관점에서 와인을 이야기하기로 마음먹었습니다. 이것이 진정 와인을 사랑하고 와인의 본질에 다가가는 하나의 방식이라는 듯이 보여주면 된다고 믿었습니다.

와인과 함께 내 삶의 영역으로 떠오른 시, 소설, 철학, 역사, 그림, 음악, 달리기, 사랑, 영화, 커피, 음식, 헤이리에서의 일상 같은 것들은 모두 내 존재의 동반자입니다. 이들과 함께하는 한 앞으로 와인과 더불어 가게 될 나의 길이 마냥 기쁘기만 합니다.

이 책을 쓰는 데 두 사람이 역할이 컸습니다. 하이디는 인정사정없는 냉철함으로 원고의 결점을 지적해주었습니다. 그녀가 아니었다면 이 책은 디테일에 결함이 더 많았을 것입니다. 또 한 사람은 오랜 친구 P입니다. 노련한 편집자로서 능력을 발휘해 이 책의 분명한 컨셉을 설정해주고 방향을 조언해줌으로써 더욱더 풍부하고 윤택한 글쓰기를 할 수 있었습니다.

이 책에 수록된 사진은 두 분의 작품입니다. 이노아 님의 사진은 이 책에 시각적인 깊이를 부여해주었습니다.

그리고 헤이리마을의 이웃 동료인 이안수 선생은 나의 요구에 사진을 흔쾌히 제공해주었습니다. 사계절을 담아낸 헤이리 풍경으로 인해 이 책을 보다 다양한 관점에서 볼 수 있게 합니다. 특히 내 사유의 배경의 되는 헤이리 자연 풍경으로 이 책이 생동감을 얻었습니다.

그동안 책을 읽는 것이 즐거웠습니다. 이제 책을 쓰는 것도 즐겁다는 것을 알았습니다. 어느 것이든 짧디짧은 이 인생의 기쁨이요 아름다움이라면 그저 '살아 있음'이 고맙고 감사하다, 스스로에게 속삭이듯 말할 뿐입니다. 와인 너머 무엇이 있을지, 사랑이든 세상이든 삶은 언제나 그 자리에서, 제 나름 깊을 따름이라는 마음을 전합니다.

2021년 3월
마숙현

Part 1

와
인
을

든
다

애인의 친구를 사랑한 샤갈

무슨 일이니, 테아, 내가 너한테서 뭘 빼앗았니?

오늘의 와인

Flora Springs TRILOGY 2005, Napa Valley

눈이 펄펄 내리는 날, 일본 북방에 위치한 아오모리 현립미술관을 찾았습니다. 이 미술관의 외관은 흰색입니다. 이곳은 겨울에 눈이 많이 내리기로 유명합니다. 눈이 많이 오는 이 지역의 특성 때문에 하얀색을 건축가 아오키 준(1956년 생)이 의도적으로 차용한 것이 아닐까 싶습니다. 이 미술관은 마르크 샤갈의 초대형 작품 3점을 위해 건립된 것임을 단번에 느끼게 합니다. 각 작품의 크기는 약간의 차이가 있지만, 폭이 약 15미터, 높이가 약 9미터에 달하는 그야말로 초대형 회화입니다. 제가 지금까지 본 그림 중에서 패브릭에 그려진 것으로는 가장 크고 웅대했습니다.

이 3점의 그림은 샤갈이 미국으로 망명했을 때 그린 것(1942년)으로 원래는 발레 〈알레코〉의 무대 배경화였습니다. 발레 〈알레코〉는 퓨슈킨의 서사시 「집시들」을 원작으로 삼았고, 음악은 차이콥스키 피아노 삼중주를 원곡으로 사용했으며, 안무는 레오니드 마신이 담당했습니다. 모두 러시아 출신의 위대한 예술가들이 콜라보레이션한 작품입니다.

이 발레는 4막으로 구성되어 있으니 4점의 그림이 있어야 하지만, 한 점(제3막—어느 여름날 오후의 보리밭)은 필라델피아 미술관이 소장하고 있다고 합니다. 개막용 전경에서는 보라색 수탉(남근 숭배적인 열정의 상징) 한 마리가 거친 코발트색의 구름 사이에서 날뛰는 한편 진주 빛 하얀 달 아래 한 쌍의 연인이 부둥켜안고 있습니다. 2막의 장면들에는 기울어진 마을 위를 떠다니며 바이올린을 켜는 곰, 라일락 가지에 매달린 원숭이 모습. 그리고 3막에서는 물고기 머리가 있는 보리밭, 두 개의 핏빛 태양 아래 풀밭에서 튀어나온 큰 낫 등이 등장하지만, 여기 이 미술관에는 없는 그림입니다. 마침내 4막에서 뒷다리 대신 마차 바퀴가 달린 아름다운 갈색 눈의 하얀 말이 불타오르는 마을 위에서 금빛의 샹들리에를 향해 검은 밤하늘을

와인 너머, 더 깊은

날아오릅니다.

막이 올라갔을 때 이 무대 배경은 논쟁의 여지가 없을 만큼 눈부시게 아름다웠다고 합니다. 작품은 환상적이어서 모두가 압도당했고 관객들은 아홉 번이나 커튼콜을 외쳤다니 그때 그 감동이 지금도 전해져오는 듯합니다. 그 무렵 망명자로서 샤갈은 무용극 무대 디자인에 전력을 집중하던 시기였습니다. 당시 《뉴욕타임스》는 이렇게 썼습니다.

샤갈의 무대 디자인이 공연을 훔쳤다.

〈알레코〉의 배경막 작업은 샤갈에게 예술의 전환점이 되었습니다. 미국은 20년간 프랑스가 결코 해내지 못했던 뭔가를 그에게 주었습니다. 그것은 여기에서 보듯 기념비적인 작업 규모였습니다. 천진하고 때 묻지 않은 어린 시절의 추억을 화폭에 담아 보여주는 샤갈의 진면목을 감동적으로 만나보니 이국의 낯선 미술관 초대형 그림 앞에서 어린 시절로 돌아가 추억에 젖어 듭니다.

아마도 저 그림 속의 여인은 그가 그토록 사랑했던 아내 벨라일 것입니다. 샤갈은 자신의 애인 테아의 친구였던 벨라에게 첫눈에 이끌리고 맙니다. 그녀는 샤갈을 단숨에 사로잡았습니다. 그리고 그들은 많은 어려움을 거쳐 드디어 결혼에 이를 수 있었습니다. 결혼과 더불어 그녀는 샤갈의 예술적 여신이 되었습니다. 벨라는 그의 영혼의 동반자였고, 그의 정체성 자체였습니다. 이 무대 배경막 작업을 할 당시에는 뉴욕에 함께 체류했지만, 1944년 그녀는 갑작스럽게 세상을 떠났습니다. 샤갈은 그녀를 그림 속에 묻었습니다.

샤갈과 벨라 그리고 테아의 삼각관계에서 보듯 예술가에게 사랑은 중요한 예술적 모티프가 됩니다. 동시에 팜므파탈의 이미지를 가진 매혹적인 여자들은 예술가들의 영혼을 사로잡아 그들에게 예술적 영감의 원천으로서 역할을 수행합니다. 19세기 후반 영국의 전 방위 예술가 윌리엄 모리스는 귀네비어라는 여인의 초상화를 그렸습니다.

아서왕의 아름다운 왕비 귀네비어가 왕의 신하인 랜슬롯과 사랑에 빠지고 말았습니다. 그들은 왕의 눈을 피해 은밀하게 밀애를 즐겼습니다. 이 연인들의 이야기는 금지된 사랑의 대명사가 되었고, 예술가들에게는 영감의 대상이 되었습니다. 윌리엄 모리스도 이들의 네러티브를 회화로 남겼습니다. 그가 그린 그림에는 귀네비어가 랜슬롯과 서로 뜨겁게 사랑한 후 흐트러진 침상 옆에서 거울을 바라보며 결혼의 구속을 상징하는 허리띠를 고쳐 매는 모습입니다. 방금 연인의 품에서 빠져나왔지만, 그녀의 표정이 그리 밝지는 않습니다. 사랑하는 애인에 대한 연민과 지아비인 아서왕에 대한 죄책감 때문에 갈등을 일으

와인 너머, 더 깊은

켰기 때문이겠지요. 사실 이 그림이 놀라운 것은 아서왕과 귀네비어의 스토리에 그치지 않고 윌리엄 모리스 자신의 이야기를 담았기 때문입니다. 이 그림 속의 실제 모델은 귀네비어가 아니라 자신의 아내 제인 모리스입니다.

제인 버든은 윌리엄 모리스의 부인이 되기 전에 당시 화가들의 모델이었습니다. 모리스는 그녀의 서늘한 침묵과 생각에 잠긴 아름다움에 매료되어 제인을 스케치하다 사랑에 빠져 결혼에 이르렀습니다. 하지만 그의 절친한 친구이며 화가인 가브리엘 로제티 또한 제인을 좋아했습니다. 둘도 없는 친구인 두 사람이 한 여자를 사랑한 것입니다. 얼마 후 제인은 로제티가 부인이 갑자기 죽은 후 시름에 빠져 방황하는 것에 연민을 느끼다 서로 불같은 사랑으로 타오르고 맙니다. 그리고 남편인 모리스를 떠나 로제티의 품속으로 뛰어들었습니다. 로제티는 제인을 만남으로써 사랑과 인간의 감정에 대해 더 깊이 있는 사실적인 묘사를 제시할 수 있게 되었습니다. 이런 상황에서 모리스는 매우 낙담했지만 그는 현실을 받아들였습니다. 그는 선구적 지식인답게 자제력을 발휘했고 동시에 그들에게 관용을 베풀었습니다. 그리고 제인을 사랑했기에 그녀가 다시 돌아올 때를 기다렸습니다. 나중에 약물중독자인 로제티에 염증을 느낀 그녀는 원래 남편인 모리스에게로 돌아옵니다. 그 후 모리스는 낭만주의 예술가의 카테고리를 벗고 사회주의자를 선언하며 예술계와 사회의 혁명가로서 위상을 높이는 위대한 성취를 이루어냅니다. 오늘은 천재 예술가들의 예술적 여신 벨라와 제인을 위해서 와인을 골라봅니다.

오늘의 와인 플로라 스프링스 트릴로지 2005는 위에 소개한 샤갈, 아서왕, 윌리엄 모리스의 삼각관계에 초점을 두고 골라본 것입니다. 'Trilogy'는 연극 삼부작을 뜻하는 그리스 말입니다. 트리로기아(Trilogia)에서 파생된 단어로 'tria'는 셋을 의미합니다. 어쩌면 우리의 인생은 부부나 연인이라는 두 사람 사이의 한정된 관계 너머에 대한 동경 때문에 흥미로운 삶으로 지속 가능한 것이 되었는지도 모르겠습니다. 예술에의 열정도 경제적 성공도 높이에 대한 욕망도 모두 여기에서 비롯된 게 아닐까요?

이 와인은 포도품종 다섯 개를 보르도 스타일로 블렌딩하여 새 프렌치 오크에서 20개월 이상 숙성해 만든 것으로 부드럽고 강한 타닌과 풍요로운 과일 향을 선사합니다. 블랙체리, 라즈베리, 초콜릿의 풍미를 산뜻하고 깔끔하게 즐길 수 있는 와인입니다. 이 와인을 아메리칸 스타일의 티본스테이크와 마리아주* 한다면 사치와 적막을 은유하는 나파밸리 와인의 쾌락적 감수성을 느끼기에 더없이 좋을 것입니다.

---

* 마리아주(mariage): 요리와 와인의 좋은 조합.

잊을 수 없는 사람

냉정과 열정 사이

오늘의 와인

La Brancaia IL BLU 2005

 오늘은 크리스마스 시즌을 축하하면서 봄을 기다리는 성급한 마음으로 '라 브란카이아 일 블루 2005년'을 셀러에서 꺼내듭니다. 이 와인의 에티켓은 단순하고 독특한데 지중해를 닮은 컬러의 다크블루가 깊이를 알 수 없는 바다처럼 매우 인상적입니다. 이탈리아에서 가장 유명한 와인인 '사시카이아'처럼 이 와인도 이탈리아 접미사 '−aia'로 끝나는 와인입니다. 사실 이 접미사가 붙은 와인은 다 훌륭한 와인임이 분명합니다. 오르넬라이아, 솔라이아, 루피

카이아, 올마이아, 펠차이아 등이 모두 슈퍼 투스칸 20위 안에 드는 명품 와인입니다. 물론 그중에서 최고의 와인은 1968년 처음 세상에 나온 '돌이 많은'이라는 뜻을 지닌 사시카이아입니다. 사시카이아의 상업적 모험은 그 후 슈퍼 투스칸 현상이라는 물결을 주도했습니다. 슈퍼 투스칸 와인은 그때까지 촌스러움에 머물렀던 이탈리아 로컬 와인을 잠에서 깨어나게 하여 국제적 스타일을 갖춘 이탈리아 최고의 와인으로 세계 속에 그 이름을 알렸습니다.

오늘 맛보는 토스카나 와인 '일 블루'도 슈퍼 투스칸답게 달콤하고 매콤한 터치로 미각을 황홀하게 녹여냅니다. 하지만 이 와인의 부드러움은 여성적인 부드러움이 아니라 직선을 추구하는 남성적인 골격을 지니고 있습니다. 초콜릿 근육을 자랑하지만 근육질을 전면에 드러내지 않으면서 긴장된 섬세함은 보일 듯 보이지 않고 곧바로 그 섬세함이 우아하게 입속에서 퍼져나가는 것을 느낄 수 있습니다. 미켈란젤로의 조각품 같은 남성미가 보여주는 매끈하고 정교한 아름다운 구조를 갖춘 와인이라고나 할까요. 블랙베리와 블랙체리의 과일 향이 허브, 제비꽃, 커피 향과 어우러져 스모키하게 흩어지는 풀 바디한 긴 여운은 지중해 바닷가로 나를 데려가서 추억에 발 묶인 사람처럼 서성이게 합니다.

오래전에 읽었던 『냉정과 열정 사이』라는 소설이 떠

오릅니다. 이 소설은 남성, 여성 두 소설가가 같은 제목으로 각각 한 권으로 써서 구성해낸 재미있는 플롯을 보여준 작품이었습니다. 에쿠니 가오리는 여자 주인공 아오이(ROSSO)의 입장에서 이야기를 전개해가고, 츠지 히토나리는 남자 주인공 준세이(BLU)를 멋지게 그려냈습니다. 그리고 이 두 소설 주인공의 운명은 냉정과 열정 사이를 오가며 이야기가 서로 교차합니다. 한 모금의 와인을 집중해 마셔봅니다. 일 블루의 바이올렛 향이 불현듯 이 소설의 주인공 아오이와 준세이를 불러옵니다. 한없이 사랑스러운 여인 아오이(靑), 그녀의 서늘한 고독은 어디서 왔을까? 아오이는 마치 내가 현실에서 사랑했던 여인처럼 느껴집니다. 와인 잔에서 풍겨오는 바이올렛 향(제비꽃 향)은 그녀가 남겨놓고 사라진 자취의 잔향인 양 아련한 사랑을 갈망케 합니다. 이 향기가 사라져버린다면 세상이 어떻게 될까? 현실의 향기는 소모된다고 하더라도 기억 속으로 이 향기를 영원히 간직하고 싶어집니다. 자신의 옆에 있는 사람을 사랑하지 못하고 마음속의 과거의 연인에게 얽매여 있는 두 사람. 서른 살 생일날. 피렌체의 두오모에서 만나기로 한 농담 같은, 약속 아닌 약속에 발이 묶여버린 준세이의 독백이 들려오는 듯합니다.

　　희망이 적건, 고통스럽건,

　　가능성이 제로가 아닌 한 포기해선 안 돼!

그리고 피렌체의 기적 같은 만남이 이루어집니다.

만날 것을 믿고 있으면,
언젠가는 만날 수 있을 것 같은 기분이 들었다.
그런 생각이 문득,
과거의 약속을 생생한 현실로 만들어버렸던 것이다.

이 소설이 동명의 영화로 만들어져 관객을 꽤 동원했었지요. 영화 속에는 와인을 마시는 장면이 몇 차례 나옵니다만 이 와인(라 브란카이아 일 블루)만큼 블루(Blu)로 표상된 남자 주인공 준세이를 드러내지는 못하는 듯합니다. 영화에서 이 와인이 등장했다면 그야말로 금상첨화가 아니었을까요. 내가 이탈리아 와인을 마셔온 햇수는 좀 오래되었는데 마셔본 와인 중에서 소설의 주인공 준세이를 가장 잘 은유해주는 와인이 바로 오늘 마신 이 '라 브란카이아 일 블루'라는 확신이 듭니다.

두 사람의 기적 같은 재회를 위하여 진한 향의 치즈한 접시만 준비하면 될 듯합니다. 이탈리아 산 그라나 파다노 또는 롬바르디아 치즈(고르곤졸라, 라비올리)라면 충분합니다. 짭조름하고 흙냄새가 나며 톡 쏘는 치즈와 이 와인의 조화가 아오이와 준세이의 만남으로 기억되길 바랍니다. "너에게도 정말 잊을 수 없는 사람이 있냐?"고 와인잔을 든 채로 준세이가 나에게 묻는다면 "작은 발을 지닌

아름다운 아오이를 가슴에 품고 피렌체 거리를 헤매고 싶다"는 언술을 와인의 향미와 취기 때문에 드러내고 싶어지는 점점 깊어가는 겨울밤입니다.

나는 결코 그 향기를 잊지 못할 것이다.
절대로 냄새의 기억을 잊지 않으니까 말이다.
그러면 내 나머지 인생은
오로지 그 향기의 추억에만 매달릴 게 분명하지 않은가.
—파트리크 쥐스킨트, 『향수』

안동역에서

기다리는 내 마음만 녹고 녹는다

오늘의 와인

MAJUANG Mosel Riesling

안동역은 기차를 타고 내리는 안동의 관문입니다. 과거에는 누구나 안동에 오려면 이 역을 거쳐야만 했습니다. 역으로서의 명성은 이제 퇴색했지만 가수 진성의 노래 때문에 안동역이 또 다른 의미로 유명해졌습니다. 요즘은 트로트의 열풍으로 이 노래가 자주 들려옵니다. 사실 이 노래에는 고등학교 학창 시절의 내 이야기가 담겨 있습니다.

안동고등학교 2학년이었던 그 시절, 친구가 어떤 여학

생을 소개해주었습니다. 그녀는 군위고등학교에 다니는 학생으로 나로서는 처음 사귀는 이성 친구였습니다. 안동과 군위는 100킬로미터쯤 거리를 둔 두 도시인데, 당시로써는 그녀가 살았던 군위가 내 상상력이 닿지 못할 만큼 정서적으로 먼 곳에 존재했습니다. 우리는 편지로 열심히 서로를 전했습니다. 정성과 능력이 느껴지는 여성여성한 편지를 받을 때마다 새로운 감각으로 내 가슴은 부풀어오르곤 했습니다. 하지만 우리는 멀리 떨어져 있기 때문에 만날 수 없었습니다. 그녀가 보내준 사진으로만 그녀의 모습을 확인할 수 있을 뿐이었습니다. 내가 짐작한 그 여학생은 활달하고 자신감 넘치고 적극적인 성품을 지녔습니다. 내성적이고 자신감 없는 나와는 전혀 다른 성격이었습니다.

어느 날 학교에서 쉬는 시간에 교무실 사환 누나가 교실로 와서 나를 찾는 것입니다. 어떤 여학생이 군위고등학교에서 나에게 전화를 했다는 것입니다. 그러니 교무실로 가서 전화를 받으라고 했습니다. 선생님들이 가득 찬 그 교무실은 두렵고 어색한 공간인데, 나는 전화를 받으러 갔습니다. 처음 들어보는 그녀의 목소리는 거침이 없고 명랑했습니다. 짧은 시간에 몇 마디 주고받았습니다. 그녀가 다니는 학교의 교장 선생님이 바로 그녀의 아버지였습니다. 그래서 그녀는 학교 교장실에서 전화했던 것입니다. 그 후에도 우리는 열심히 편지를 주고받았습니다.

그녀의 향기 가득한 빵을 받아들기에 나는 아직 어리고 미숙했습니다.

그러던 어느 날 받아본 편지에는 그녀의 눈물과 실망으로 가득 차 있었습니다. 영문을 모르는 나는 당황할 수밖에 없었습니다. 왜 약속 장소에 나오지 않았냐고 다그치는 그 편지는 내 가슴을 때렸습니다. 그녀는 약속 장소인 안동역에서 온종일 기다리다 막차를 타고 간신히 집으로 돌아갔답니다. 그 약속을 정한 편지를 나는 받아본 적이 없기 때문에 그녀가 안동에 왔다는 사실조차 알 도리가 없었습니다. 하지만 무엇이 잘못되었든 간에 그녀를 하염없이 기다리게 했다는 죄책감에 시달렸습니다. 미안하다고 그 편지를 받아보지 못했다고 답장했지만, 오랫동안 가슴이 아팠습니다.

안 오는 건지
못 오는 건지
대답 없는 사람아
기다리는 내 마음만
녹고 녹는다
밤이 깊은 안동역에서

이 노래에는 당시 그녀의 아픔이 서려 있습니다. 온종일 기다리다 녹고 녹았을 그녀의 마음을 이 노래가 전해줍니다. 나중에 알았지만 받아보지 못한 그 편지는 어머니가 나 몰래 숨겨두었었습니다. 만약 그때 그 편지를 보았다면 그녀와 나의 운명은 어떻게 전개되었을까요.

어디나 아픔은 있다. 그리고 어디나,
아픔보다 더 끈질기고 예리한,
소망이 담긴 기다림이 있다.

나의 첫사랑 와인은 어쩔 수 없이 마주앙 화이트입니다. 1970년대 중후반 이 땅에는 국내산 와인만 존재했습니다. 물론 해태 노블 와인도 있었지만 마주앙이 더 인기가 있었으므로 내가 처음 선택한 와인은 마주앙이었습니다. 포도로 만들어진 이국적이고 고급하고 흔한 술이 아닌 바로 와인이라는 음료로는 처음 마셔본 마주앙, 내 첫사랑의 와인, 지금도 당시의 약간 흥분되었던 내 마음의 정경이 떠오릅니다. 무척 기대감을 갖고 조심스럽게 병뚜껑을 열었던 그 순간이 느껴집니다. 첫사랑은 늘 가슴 떨리는 경험입니다. 생각보다 좋은 와인으로 기억되었던 그 한 잔이 오늘의 나를 만든 것이 아닐까 싶습니다.

이 땅에 포도로 만든 와인이 처음 등장한 시기가 1974년이었습니다. 당시 박정희 대통령이 곡주를 대체할 포도주를 만들라고 지시하여 노블 와인(해태), 마주앙(동양맥주), 샤토 몽블르(진로), 두리랑(금복주), 그랑주아(대선주조) 등이 연이어 출시되었습니다. 국내산 와인은 그로부터 20년 동안 전성기를 구가했습니다. 88올림픽을 앞두고 수입 자유화 조치가 내려지기 전까지 이 국내산 와인들이 명성을 누렸지만, 본격적으로 해외의 원산지 와인들이 들어오자 인기는 급락했습니다. 하지만 한국 와인이 나아가야 할 방향을 개척한 공로를 잊어서는 안 됩니다. 이 중에서 지금까지도 살아남은 와인은 마주앙이 유일합니다. 마주앙은 장수 브랜드가 되었습니다. 국내산 와인은 눈물 나는 고난과 투쟁을 거쳐 현재는 200여 곳의 와이너리에서 800여 종의 와인을 생산하는 성과를 거두었습니다. 아직도 가야 할 길은 멀지만, 언젠가는 이 땅에서도 뛰어난 프리미엄급 와인이 탄생하리라 믿어봅니다.

러브 레터

잘 지내고 있나요, 전 잘 지내고 있어요

오늘의 와인

Domaine Bernard Defaix Chablis Grand Cru BOUGROS 2018

감기로 며칠간 고생하고 있습니다. 그러다 보니 어느 덧 새해가 왔습니다. 겨울이 되면 생각나는 이와이 슌지 감독의 영화 〈러브 레터〉가 떠오릅니다. 나카야마 미호가 1인 2역으로 열연했던 1999년 개봉작입니다. 지독한 감기를 앓고 있는 후지이 이츠키는 전혀 알지 못하는 사람의 편지를 받습니다.

잘 지내세요?

그리고 이츠키는 그냥 답장을 보냅니다.

 저는 감기 때문에 고생하고 있습니다.

　사실은 2년 전에 등반사고로 잃은 사랑하는 남자 후지이 이츠키를 아직도 잊지 못하는 여인 히로코가 헛헛한 마음 때문에 죽은 연인의 옛 주소로 보낸 편지였습니다. 그 편지는 수신인과 동명이인인 여자 후지이 이츠키에게로 잘못 배달됩니다. 이렇게 시작되는 영화는 여자 후지이 이츠키가 뜻하지 않은 첫사랑을 찾아가는 이야기입니다. 주인공 여자 이츠키는 겨울 내내 감기에 시달립니다. 그러면서도 히로코의 편지는 계속되고 자신의 연인 이츠키의 추억이 어려 있는 이야깃거리를 찾아달라는 히로코의 요구에 성실하게 응하다 보니 동명이인으로 한 학급에서 함께했던 이츠키와의 추억을 되살려갑니다.

　봄이 찾아오면서 감기가 완쾌되고 이츠키와의 추억을 추적하다가 자신도 인지하지 못했던 첫사랑의 실체를 확인하게 됩니다. 동급생 남자 이츠키가 여자 이츠키인 자기를 짝사랑했다는 사실을 뒤늦게 깨닫습니다. 그제야 히로코는 잊지 못하는 남자 이츠키를, 그의 첫사랑의 여자 이츠키에게 넘겨줍니다. 비로소 지독히도 내리던 눈이 그치고 찬란한 봄이 옵니다.

히로코의 연인은 겨울 산을 오르다 그곳에 묻혔습니다. 정상을 향해 은백색의 눈길을 걸어 한발 한발 올라가는 알피니스트의 모습은 숭고합니다. 겨울산은 언제 돌변할지 모르는 사나운 영혼을 가진 짐승처럼 날카로운 이빨을 드러내곤 합니다. 겨울 등반은 그런 고투 속에서 길을 찾아 기어이 정상에 오르는 쾌거를 달성하는 임무를 띠고 있습니다. 이런 고투 없는 인생은 시시하고 의미 없다는 듯 거친 바람과 험난한 길을 따라 투쟁 정신으로 무장하고 정상에 서려는 의지를 우리는 기억해야 합니다. 언제나 고고한 정상은 햇빛에 반짝이며 저 멀리서 빛나고 있습니다. 무자비한 바람이 몰아치는 아득한 절벽을 타고 올라 정상에 선다는 것은 어떤 느낌일까요? 1950년 안나푸르나 북벽에 도전하여 정상에 올랐던 프랑스 원정대 모리스 에르조그가 그 소감을 이렇게 남겼습니다.

수정으로 된 세계에 들어온 듯했다.
소리는 아스라이 들리고 공기는 솜털과 같았다.
눈부신 행복감에 가슴이 벅차올랐으나
그 느낌을 뭐라 표현할 수가 없었다.
모든 것이 새로웠다.
그런 느낌은 정말 처음이었다.

이와 같이 겨울 산의 이미지에 어울리는 와인을 선택하려면 미네랄이 흘러넘치는 아주 차가운 화이트 와인으로 준비해야 합니다. 신대륙에서 나오는 더운 지역의 샤르도네처럼 밋밋하고 둥글둥글한 열대 과일 맛이 아니라 추운 지역에서 생산된 각지고 날카로운 미네랄의 질감을 느낄 수 있는 단단한 와인이어야 합니다. 처음엔 까다롭게 느껴지지만 어느 순간 활짝 피어나는 꽃처럼 열리면서 달콤하고 미끄러운 미네랄의 감촉이 감흥을 가져다주는 그런 와인으로는 샤블리가 적합할 듯합니다. 샤블리 와인은 생기 있는 산도와 미네랄, 즉 암석의 특성을 드러냅니다. 이런 샤블리의 풍미를 프랑스 사람들은 '부싯돌(Gout De Pierre A Fusil)'이라고 합니다. 오크를 사용하지 않은 아름답고 선명한 와인들이 많이 생산되는 지역이니까요.

베르나르 드패가 만든 샤블리 그랑 크뤼 브그로 2018은 섬세하고 단단한 와인입니다. 코트 드 본과는 확연히 다른 느낌의 석회질 토양에서 오는 미네랄은 힘이 있습니다. 이 와인은 샤블리 마을의 흰 눈으로 덮인 겨울 풍경을 마주하는 듯한 이미지를 드러냅니다. 신선하고 기분 좋은 청 사과, 라임의 그린 프르츠 노트가 상쾌하게 느껴지면서 해조류, 서양 배, 레몬의 부드러우면서도 강한 힌트와 더불어 미묘한 꽃 향과 꿀 향이 코로 전해집니다. 이처럼 풍부하며 구조가 꽉 찬 화이트 와인이지만 넘치는 근육의 바디감이 매끈하게 입안에 느껴져서 진정한 볼륨감을 선사합니다. 광물질의 염분을 함유한 쌉쌀한 풍미가 강한 피니쉬를 제공하지만 감미로운 맛에 의해 부드럽게 느껴집니다. 샤블리 최고의 테루아가 보여주는 전형적이고 우월한 깊이로 인해 감명을 자아내게 하는 와인입니다.

겨울철에 샤블리를 마신다면 당연히 생굴과 함께해야겠지요. 커다란 껍질에 들어 있는 굴 접시를 앞에 놓은 다음 다진 샬롯(적양파)과 레드와인 식초를 섞은 미뇨네트 소스를 쪼르르 끼얹어 레몬즙을 뿌린 다음 올리브와 함께 먹는 맛이 일품입니다. 생굴의 촉감과 미네랄리티가 느껴지는 관능적 감각은 산뜻한 산도를 지닌 샤블리와 천생연분입니다. 이제 샤블리 한 잔에 기대어 이 영화의 유명한 장면이었지요. 사랑했던 남자가 죽어 묻혀 있는 눈 덮인 설산을 바라보면서 히로코가 외쳤던 그 말로 새해인사를 올립니다.

오겡끼데스까 와다시와 겡끼데스
잘 지내고 있나요, 전 잘 지내고 있어요!

포도밭의 포르노그래피

사랑을 부르는 와인

오늘의 와인

Bibi Graetz SOFFOCONE di Vincigliata 2016, Toscana

『그레이의 50가지 그림자』는 에로티시즘 연애 소설 3부작입니다. 특히 이 소설은 영국과 미국의 여성들에게, 그중에서도 엄마가 된 기혼 여성들에게 큰 인기를 얻어 이른바 '엄마 포르노(Mamiporno)'라고 불리게 되었습니다. 소설의 여주인공 아나스타샤 스틸은 학업을 마치고 출판계에 첫발을 내딛는 사회 초년생입니다. 소설은 그녀의 삶 가운데 남자관계에 초점을 두고 이야기를 풀어갑니다. 때리면 맞고 맞는 가운데 쾌락을 느끼는 가학적이면서 피

와인 너머, 더 깊은

학적인 '사도마조히즘 섹스'가 그녀의 첫 경험입니다. 이 소설은 섹스라는 행위를 통해 우리 사회의 무의식에 잠재된 문화적 구조를 드러냅니다. 이 사회가 요구하는 어떤 가치를 흥분과 설레는 마음으로 경험할 수 있는 상상력으로 풀어낸 이야기는 인기를 불러오기 마련입니다. 아나스타샤의 경우처럼 섹스를 통해 자아를 발견하고 현실을 깨닫고 욕망을 실현해가는 이야기는 많은 드라마와 영화를 통해서도 흔히 접하는 일상이 되었습니다. 그래서 이 소설은 섹스와 낭만적 사랑의 욕구를 충분히 구가하고 싶은 사람들을 위한 지침서로 읽힙니다.

내 몸은 흥분으로 가득 찼다.
일어나 그의 키스에 응답했다.
갑자기 키스의 성질이 바뀌었다.
더 이상 달콤하기만 한,
숭배하고 찬탄하는 키스가 아니라
육욕적이고 깊고 탐식하는 키스였다.
그의 혀가 내 입에 침범해서는 주지 않고 빼앗아갔다.
필사적인 욕구의 격렬함을 지닌 키스였다.
욕망이 핏속을 줄달음치며 가는 길마다
근육과 힘줄을 다 깨우자, 나는 경계심으로 전율했다.

대부분 연인의 키스는 이처럼 격렬해지면서 곧바로 뜨거운 애무로 치닫곤 합니다. 이 애무는 에로틱한 연인의 몸을 통과해 서로의 존재를 함께하는 섹스로 나아가면서 복잡한 매력을 드러내는 모험의 여정을 함께 떠나가는 것으로 마무리됩니다. 하지만 단순히 감각적이고 관능적인 것으로 전락해가는 현대인들의 일회용 만남에는 사랑의 영원함이나 완전함을 믿기보다 소비해야 할 또 다른 대상을 꿈꾸게 하는 위험이 내포되어 있습니다. 여기에는 정신과 욕망이 빠져 있습니다. 그래서 사랑은 늘 불안하고 아프고 시시각각 공허감이 밀려올 수밖에 없습니다. 자본주의는 모든 것을 상품으로 전시하고 구경거리로 만듦으로써 이제 섹스는 에로티시즘의 환상을 벗고 포르노화되었습니다. 포르노화되어버린 섹스로 인해 오늘날 사랑은 소비와 쾌락주의적인 형태들로 해체되어갑니다.

포르노가 음란하다는 것은
과다한 섹스 때문이 아니다.
오히려 섹스가 없다는 사실이
포르노를 음란하게 만든다.
— 한병철, 『에로스의 종말』

이 말은 곧 사랑이 실종된 규격화된 섹스의 전형적인 모습입니다. 에로스 없는 사랑, 에로스의 정신적 동력을 이끌어내지 못하는 사랑은 언제나 불안하고 허약한 토대 위에서 위태롭습니다. 그럼에도 불구하고 『그레이의 50가지 그림자』는 영원하거나 완전한 사랑이 아닌 허기진 또 다른 사랑을 향해 눈을 돌리는 현대인의 초상이자 판타지입니다.

소포코네 디 빈칠리아타는 혜성처럼 등장한 와인 생산자 비비 그라츠에 의해서 탄생한 와인입니다. 우선 이 와인은 여성의 나체가 그려져 있습니다. 좀 더 구체적으로 말한다면 벌거벗은 여자는 남자를 잡은 채로 무릎을 꿇고 있습니다. 와인 이름 소포코네(Soffocone)는 다름 아닌 토스카나 지방의 사투리로 '오럴섹스'라는 의미입니다. 이제 무엇을 형상화했는지 이해가 갑니다. 그가 공부를 마치고 귀향했을 때, 집안 대대로 내려오던 포도밭이 잘 관리되지 않고 버려지다시피 해서 그만 동네 청춘남녀들의 밀회장소로 쓰이게 된 것입니다. 이에 착안해서 화가이기도 한 오너 비비 그라츠는 포도밭에서 사랑을 나누는 청춘들의 모습을 자신이 직접 그림으로 그려 레이블에 담았습니다. 그는 감각적이고 혁신적인 디자인으로 이 와인의 정체성을 드러내고 싶어했습니다. 현대인의 성적 판타지를 드러낸 이 레이블은 모델의 관능성과 에로틱한 스토리텔링 때문에 어디서나 화제를 불러왔고 곧 유명해졌습니다. 하지만 단순히 겉으로 치장만 그렇게 한 것은 물론 아닙니다.

그는 아무도 눈여겨보지 않고 있던 키안티의 토착품종 콜로리노와 카나이올로를 키안티의 유명한 산지오베제와 결합해 재해석한 새로운 블렌딩으로 유니크한 와인을 생산해냈습니다. 그는 전통을 재해석해 와인의 질감이 부드럽고 밸런스가 훌륭한 현대적 느낌을 주는 와인으로 만든 것입니다. 이 트래디셔널한 육감적인 와인을 마시면 예술과 삶은 대립하지 않으며 예술의 목적은 삶이 살아갈 가치가 있다는 것을 깨닫게 해준다고 말하는 것 같습니다. 비너스의 젖가슴을 연상케 하는 둥글고 투명한 잔에 비친 다크 루비의 영롱한 컬러가 침대 위 여인의 눈빛처럼 반짝반짝 빛납니다. 그리고 검은 체리와 자두, 담배, 감초, 가죽 향이 깊이를 주면서 벨벳 같은 부드러움으로 이상향의 세계에서나 느껴질 것 같은 이국적 향미를 전해줍니다. 와인에서의 관능성은 포도와 자연의 연속성, 그 공모에 대한 하나의 찬양이라고 합니다. 관능적이면서도 풀바디한 이런 와인을 마시면 내 존재를 흔들어놓을 장미꽃잎 같은 당신 몸의 무중력의 에로틱한 무게를 느낄 수 있습니다.

몸은 성적 매력을 자극하고
에로틱한 상상을 촉발할 수 있으며,
또 그래야만 한다.
에로틱한 몸의 구축은
20세기 초반의 소비문화가 낳은 가장 두드러진 업적이다.
— 에바 일루즈

와인 너머, 더 깊은

사람의 몸도 와인의 레이블도 어떻게 구축하고 디자인해야 이 자본주의 정글에서 살아남을 수 있는 매력 자본이 될 수 있는지 이 한 잔의 와인으로 우리는 깨닫게 됩니다. 소포코네의 도전적인 감수성이 주는 감동을 조금 더 유지하려면 음식과 함께하기보다는 음식 없이 와인만으로 즐기셔도 좋은 방법이 될 듯합니다. 다만 이 와인을 다 마시고 난 후에는 끈적거리고 달콤한 포르노그래피 같은 마시멜로를 뜨거운 에스프레소와 함께하면 훌륭한 디저트로 즐거움이 배가될 듯합니다.

혹은, 기다림이 사랑이 될 때

사랑과 와인은 기다릴 줄 아는 자에게 유혹의 신호를 보낸다

오늘의 와인

Dona Maria AMANTIS Reserva 2013

그녀는 기다리지 않았다.
그는 기다리지 않았다.
하지만 그들 사이에는 기다림이 있었다.

모리스 블랑쇼의 『기다림의 망각』에서 뽑아온 구절입
니다. 인용된 문장에서 '그녀'와 '그' 사이에는 어떤 눈짓
도 어떤 몸짓도 없었지만 오직 기다림이라는 말만이 남았
습니다. 이때 '기다림'은 둘의 관계를 매개하는 유일한 명

와인 너머, 더 깊은

제가 됩니다. '그녀'가 와인이 되고 '그'가 내가 되어 어느 날 나는 한 병의 와인을 따서 마실 때 나와 와인 혹은 그녀 사이의 공간에는 기다림이라는 언어가 음악처럼 존재하게 될 것입니다.

그렇습니다. 와인은 기다림의 미학으로 불러도 좋은 이유입니다. 사실 이 기다림이라는 단어야말로 와인의 정체성을 적절하게 나타내주는 용어이기 때문입니다. 와인의 그녀가 보여주는 유혹이 오만하고 매혹적이긴 하지만 기다릴 줄 모르는 신사에게 그녀는 무감각한 여인이 될 뿐입니다. 모름지기 와인은 아름다운 여인과 사랑을 나누듯이 쾌감의 절정을 경험할 수 있어야 훌륭한 와인입니다. 좋은 와인들은 최소 5년 동안의 숙성 기간을 거쳐야 합니다. 그 기간에 술병에서 와인은 미묘한 변화가 이루어집니다. 상대 여인의 육체적이고 정신적인 특성을 잘 알아야 기쁨을 함께 나누고 더 사랑할 수 있듯이, 와인의 숙성 기간을 기다리지 못한다면 성급한 사랑처럼 그 시음은 실패할 수밖에 없습니다. 와인 메이커들이 와인을 양조할 때 가장 심혈을 기울려 표현해내고 싶은 요소는 무엇일까요? 아무래도 어떻게 쾌락과 더 나아가 오르가슴을 한 병의 와인 속에 구현해낼 수 있을지를 고심할 것이라고 나는 믿습니다. 그런 이유 때문에 와인을 오픈할 때마다 긴장되고 내 가슴은 떨립니다.

오늘의 와인은 포르투갈 알렝테주에서 생산된 도나 마리아 아만티스 리제르바(Dona Maria Amantis Reserva) 2013입니다. 쉬라, 프티 베르도, 카베르네 소비뇽, 토우리가 나시오날이 각각 25퍼센트씩 배합되었습니다. 짙은 루비색이 속을 쉽게 드러내지 않는 여인 같은 우아하지만 도도한 모습입니다. 자두 맛과 함께 복합적인 과일향이 보여주는 풍미는 향을 일일이 구분할 필요가 없는 향수처럼 느끼게 합니다. 그리고 진한 깊은 맛은 농염한 여인의 팜므파탈을 유감없이 표출합니다. 또한 농축된 텍스처와 어우러지는 유연함이 실키한 타닌감으로 이어져 긴 피니쉬를 제공합니다. 잰시스 로빈슨이 말했듯 '향락적인 느낌의 포르투갈의 향기'가 전해지기는 하지만 아직도 이 와인은 오픈한 지 두 시간이 지나고도 사랑에 빠질 마음의 준비가 조금 덜 되어 있습니다. 와인 스스로가 응축된 시간을 풀고 자신을 허락해도 좋다는 느낌을 전달해줄 때까지 디켄팅 시간을 길게 잡아서 더 기다려야 좋을 듯합니다.

와인명 아만티스(Amantis)는 '사랑에 빠지다'라는 의미를 지닌 포르투갈어입니다. 18세기 중반 포르투갈의 태양왕 후앙 5세가 사랑하는 도나 마리아를 위해 선물한 대저택이 지금의 와이너리가 되었습니다. 뜨거운 태양 아래 포도가 익어가는 역사성을 지닌 도멘의 아름다운 사랑 이야기는 이 와인이 주는 또 다른 선물입니다. 로맨틱한 스토리를 지닌 곳에서 만든 이 와인이 추구하는 것은 겨울 날 사랑을 나누기 위한 와인이어야 한다고 나는 이해할 수밖에는 없습니다.

이 와인에는 손이 좀 가기는 하지만 요리에 도전하는 재미도 느끼기 위하여 매콤한 양고기구이를 추천합니다. 어린 양고기(1.4킬로그램 정도)를 5∼8센티미터 크기로 네모나게 자릅니다. 셀러리 4개, 당근 2개, 양파 2개 그리고 당근과 아주 비슷하게 생긴 파스닙 1개를 3센티미터 크기로 자릅니다. 큰 볼에 양고기 덩어리와 올리브오일 4분의 1컵을 넣고 소금과 후추를 뿌립니다. 여기에 조금 전에 자른 채소를 넣고 잘 섞어줍니다. 바닥이 두꺼운 팬을 260도로 예열한 오븐에 넣고 20분간 덥힌 후 꺼내어 올리브 오일 2큰술을 골고루 바른 다음 볼에 담긴 내용물을 부은 후 다시 오븐에 넣고 20분간 구워 고기 겉이 바삭바삭해지도록 만듭니다. 오븐의 온도를 218도로 낮추고 치킨 육수 4분의 1컵을 팬에 부은 후 주걱으로 팬 바닥에 눌어붙은 것을 떼어냅니다. 이후 5분마다 총 15분 동안 남은 4분의 3컵의 치킨 육수를 가지고 같은 과정을 반복합니다. 고기가 갈색이 되고 당근을 비롯한 채소가 부드러워질 때까지 5∼10분쯤 더 굽습니다. 총 요리시간은 50분 정도여야 합니다. 양고기를 오븐에서 꺼내어 10분간 식힌 다음에 양념(안초비, 올리브오일, 세이지 잎, 칠리 조각, 겨자 오일, 식초 등을 사발에 넣고 으깬 것)을 첨가해서 양상추 샐러드와 함께 즐기면 됩니다. 블랑쇼는 말했습니다.

　기다림의 불가능성의 본질은 결국 기다림이다.

　사랑과 와인은 기다릴 줄 아는 자에게 유혹의 신호를 보냅니다. 겨울이 가고 사람들은 저마다 뜨거운 갈망을 안고 조용히 봄을 기다립니다. 기다리지 않아도, 기다림마저 잊어도 봄은 온다고 이성부 시인은 말했지만, 그 애닮은 낙관의 노래 속 시인의 마음은 얼마나 간절한 봄의 기다림으로 목말라 했던 것일까요? 누구도 겨울이 깊으면 봄은 꼭 온다고 믿지요. 물론 나도 그렇고요.

라일락 와인을 주세요

진정한 내추럴 와인은 생명에 대한 찬미다

오늘의 와인

BENJAMINA Artesano Vintners 2018 화이트(펫낫)
PARELLATXA Artesano Vintners 2018 로사토

라일락의 계절이 돌아왔습니다. 라일락의 꽃말은 첫
사랑입니다. 그토록 강한 향기는 첫사랑처럼 쉽게 잊히지
않습니다. 기다림 속에서 우리의 삶이 느려지고 고독해질
때 라일락 향기는 과거의 시간을 환기시켜줍니다. 하지만
첫사랑은 단호합니다.

저는 당신이 저에 대한 기억에 붙들려 있기를
원하지 않아요.

와인 너머, 더 깊은

그것이 제가 저 자신을 기억하고 있지 않았던
이유입니다.
—모리스 블랑쇼, 『기다림의 망각』

하지만 첫사랑은 불변의 아픔을 붙들고 살아가야 한다고 요구합니다. 라일락 향기가 흩날리는 봄날이 되면, 제프 버클리의 노래 〈라일락 와인〉이 듣고 싶어집니다. 차라리 노래라기보다는 혼자 중얼거리는 천재 뮤지션의 가슴 밑바닥에서 고갈되지 않는 기다림의 고통이 죽음처럼 드리워짐을 느낍니다.

주량을 훨씬 넘긴 채
와인을 들이켜고 있네, 술에 취하면
당신에게 돌아가고 있을 테니까
라일락 와인은 달콤하고
나를 흥분시키네, 내 사랑처럼
내 말을 들어봐요
내 눈은 흐려지고 있네요
여기 곁으로 오는 사람이 그녀인가요
라일락 와인은 달콤하고 나를 흥분시켜요
내 사랑은 어디 있나요
라일락 와인은 나를 불안하게 해요
내 사랑은 어디 있나요.

어느 날 강물에 휩쓸려 의문처럼 요절한 그는 단 한 장의 유작 앨범을 남겼지만 사람들은 기꺼이 그에게 열광했습니다. 그 절절한 고독과 우울과 슬픔으로 가득 찬 라이브로 담긴 이 노래, 〈라일락 와인〉 앞에서는 누구나 무심함을 가장할 수 없습니다. 내 첫사랑을 닮은 와인은 어떤 와인이어야 할까요? 슬픔에 이끌리듯 사랑을 찾아 나선 소년처럼 오늘 라일락나무 아래에서 마실 와인을 골라봅니다. 노래 가사의 전문을 보면 라일락 나무 아래에서 라일락 와인을 만든다고 했지만 라일락 와인은 실재 존재하지는 않을 것 같습니다. 혹 있다 하더라도 상업적으로 유통되기는 어렵겠지요. 그렇다면 첫사랑의 키워드가 순수함이라 할 때 그런 와인을 찾으면 될 듯합니다.

스페인 카탈루냐에 와이너리를 두고 있는 아르테사노 빈트너스의 벤자미나(Benjamina) 펫낫과 파레야차(Parellatxa) 로사토 와인을 골라보았습니다. 이 두 와인은 소위 내추럴 와인입니다. 내추럴 와인은 가장 '순수한 자연'을 지향하는 와인입니다. 순수함은 첫사랑의 키워드만이 아니라 내추럴 와인의 키워드이기도 합니다. 최소한 유기농법으로 포도를 기르고, 발효 시 자연 효모만을 사용하고, 양조할 때 아무것도 첨가하거나 제거하지 않고 잘 보살피고 보호하여 생산된 와인이 존재합니다. 이런 와인이 내추럴 와인으로 정의됩니다. 와인 저널리스트 엘린 맥코이는 이야기합니다.

내추럴 와인은 21세기 와인 세계의 가장 중요한 변화였다.

　아마도 내추럴 와인이 미래의 와인 시장의 새로운 활기를 열어줄 것을 기대하게 합니다. 가장 순수한 형태의 내추럴 와인은 곧 생명에 대한 찬미입니다. 내추럴 와인을 만드는 생산자들 모두가 한결같이 보여주는 이런 철학적 믿음 때문에 내추럴 와인이 오늘날까지 존재합니다. 자본의 힘에 의한 현대화 추세에 편승하여 포도 재배의 증대와 개입주의적인 컨벤셔널 와인 양조가 대세를 이룰 때 기본으로 돌아가자는 내추럴 와인 운동은 1980년대에 처음 등장했지만 이제는 그 네트워크가 급성장했습니다.

　내추럴 와인 양조는 정밀함을 요구합니다.
　그건 일종의 체인과 같아서,
　가장 약한 부분이 끊어지면 전부 못쓰게 되어버리죠.
　그러므로 엄격해야 하고 시간적 여유를 두어야 해요.

　내추럴 와인의 거장 부르고뉴 자크 네오포흐의 이 말의 의미는 내추럴 와인은 애정과 보살핌에서 탄생한다는 것을 일깨워줍니다. 그토록 느리고 그토록 확실하고 그토록 신중하게 나아가는 방식보다 아름다운 것은 별로 없습니다. '아무것도 첨가하지 않고 아무것도 제거하지 않는' 와인을 만드는 것은 생각처럼 쉬운 일이 아닙니다. 경제적 생산성을 우선에 두지 않고 능숙한 기술과 철학적

의식과 극도의 세심함을 갖추어야만 가능하기 때문입니다. 와인을 우리 입맛에 맞추려고 개입주의적인 와인양조에 사용되는 첨가물(물, 설탕, 주석산에서부터 타닌 분말, 인산염, 디메틸 디카보네이트, 아세트알데히드, 과산화수소 등)은 모두 약 200여 종이라고 하니 내추럴 와인이 왜 이 시대의 새로운 흐름인지 이해할 만합니다. 과도한 문명의 폭주에 지친 사람들은 자연으로 돌아가고 싶은 열망으로 삶을 구원받고 싶어 합니다.

아르테사노 빈트너스 와인은 소박한 농부가 만든 순수한 형태의 내추럴 와인입니다. 유기농 인증을 받은 밭에서 포도를 기르고 손 수확하여 와인을 만듭니다. 발효 시 자연 효모만을 사용하고 이산화황을 비롯한 어떠한 화학 첨가물도 넣지 않습니다. 여과와 청징 과정도 거치지 않아 부유물을 육안을 확인할 수 있습니다. '벤자미나' 펫낫 와인도 그런 방식으로 만들었습니다. 'Pet-Nat'은 페티앙 나튀렐의 줄인 말로 자연적으로 기포가 있는 와인이라는 의미입니다.

샴페인만큼 기포가 과도하지 않으며, 약간의 당도로 부드럽고 달콤한 통통 튀는 매력을 지녀 봄의 와인으로 제격입니다. 아주 편안하고 마시기에 좋은 펫낫은 내추럴 와인계에 등장한 가장 흥미로운 와인에 속합니다. 가볍게 마시는 즐거움이라는 측면에서 훌륭한 가치를 지닌 와인입니다. '벤자미나'는 와인메이커 마이클 셰퍼드와 친한 어떤 가족의 딸 이름에서 따왔습니다. 그 이름처럼 예쁘고 발랄한 소녀 같은 느낌을 선사하는 세미 스파클링 와인입니다.

아르테사노 빈트너스가 만든 또 다른 '파레야차' 역시 순수한 형태의 내추럴 와인입니다. 메인 블렌딩으로 사용된 파레야다와 가르나차 품종을 합성한 이름을 와인 명으로 삼았습니다. 화이트 품종인 파레야다의 아로마가 레드 품종인 가르나차의 바디감과 타닌으로 조화를 이루는 와인입니다. 화이트 품종과 레드 품종이 결합된 독특한 이 와인은 남녀가 만나 사랑에 빠진 듯 장밋빛을 띠고 있습니다. '로사토'는 장밋빛을 지닌 로제와인이라는 의미입니다. 약간 추운 봄날 따뜻한 불빛 앞에서 차갑게 칠링된 이 와인을 마시면서 사랑을 나누기에 제격입니다. 하지만 파레야차는 단 855병만 생산되었을 뿐입니다. 제프 버클리의 음울하게 슬픈 노래 때문에 오늘은 주량을 훨씬 넘기며 와인을 마십니다. 그리고 오래전 그녀가 내게 남긴 말이 떠오릅니다.

이 라일락 나뭇잎을 씹어보세요.
이게 첫사랑의 맛이랍니다.

아, 무심코 씹게 된 그 쓰디쓴 라일락 나뭇잎이여, 나는 그때 하나의 사랑을 잃고 더듬거렸네.

저녁이 올 때마다 당신을 향한 내 사랑은

거울 속의 저 라일락 가지처럼 자리한다.

―존 버거

와인 너머, 더 깊은

Part2

와
인
을

읽
다

삶의 긍정을 위한 에로티시즘

쾌락은 만질 수 있는 것과 유한한 것을 필요로 하지
그 너머의 것을 좋아하지 않는다

오늘의 와인

PIETRA D'ONICE SANT'ANTIMO 2003 Casanova di Neri

국내산 와인 마주앙은 내 영혼에 침투해서 새로운 감각을 제공해주지 못했습니다. 소설이나 영화에서 이따금 만나는 와인들은 분명히 무언가 다른, 내가 바라보는 세계를 바꾸어줄 것 같은 느낌으로 다가왔습니다. 그러던 차에 와인을 본격적으로 접하게 될 기회를 만났습니다. 강남구 역삼동에 가자주류 백화점이 오픈하는 날 나는 바구니 한가득 와인을 구매했습니다. 프랑스, 이탈리아, 독일, 호주 등지에서 생산된 수많은 와인들은 내 감성을 자극했습니다. 그로부터 지금까지 와인 사랑이 계속되고 있으니 얼추 30년이 넘었습니다. 그때는 정말 아무것도 모르고 그냥 마셨습니다. 와인을 아는 사람들은 주변에 아무도 없었습니다. 더구나 와인을 소개하는 책도 우리나라에는 전무했으니 아무것도 모른 채 와인을 마실 수밖에 없었습니다. 그때 내 입맛에 맞는 와인이 이탈리아 키안티 와인들이었습니다. 그래서 짚으로 감싸여 피아스코 병에 담겨 있던 키안티 와인을 많이 마셨습니다. 이 향긋한 와인이 산지오베제인 줄도 모르고 마셨던 내 와인의 흑역사였습니다. 그러니까 나의 와인 역사는 향기로운 키안티와 함께 시작되었습니다.

하지만 이후 와인을 점점 알게 되면서도 도무지 종잡을 수 없는 와인 생산 국가는 이탈리아였습니다. 그 어려운 프랑스 와인의 체계도 어느 정도 이해가 되는데 이탈리아는 도저히 정복되지 않았습니다. 지금이야 그 이유를 알지만 왜 그런지도 모른 채 한동안 오리무중이었지요. 이탈리아 와인은 토착품종만 1,000여 종에 이르고 극도로 복잡한 생산 지역으로 형성되어 있으며, 자유분방한 제조방식과 함께 품종 이름과 지역 이름이 같거나 비슷해서 구별하기가 쉽지 않았습니다. 세계에서 가장 다양한 와인이 생산되는 나라이니 그럴 수밖에 없었지요. 그래도 거의 독학으로 그 난관을 돌파했습니다. 이탈리아는 숨겨진 와인 보석들의 보고였습니다.

이탈리아는 토스카나, 피에몬테, 베네토, 시칠리아처럼 유명한 산지만 있는 게 아니었습니다. 이 4대 산지 이외에도 산악지대의 잊혀진 모퉁이 발레 다오스타, 아펜니노산맥의 고원 아브루초와 몰리세라든가 세계적인 화이트 와인 산지인 트란티노 알토 아디제를 비롯하여 위대한 무명지 칼라브리아도 있고 남부의 유명한 산지 풀리아, 새롭게 떠오르는 레 마르케 같은 포도 재배지가 산재해 있는 곳으로 전 국토가 그냥 와인 산지입니다. 한마디로 이탈리아 와인은 지금까지도 '엄청난 미스터리' 그 자체입니다.

이탈리아 와인은 언제나 내게 흥미를 주지만, 그중에서 브루넬로 디 몬탈치노(BDM)를 특히 좋아합니다. 이 와인은 토스카나에서 생산되는 와인 중에 가장 수준이 높고 오래 저장할 수 있습니다. 브루넬로 디 몬탈치노는 피에몬테의 바롤로나 바르바레스코와 함께 와인 컬렉터들의 수집 대상이 되는 와인입니다. 세계적으로 사랑받는 이 브루넬로 스타일에 현대적인 방식을 가미하여 섬세한 방점을 찍은 와이너리가 카사노바 디 네리입니다. 카사노바 디 네리는 브루넬로 디 몬탈치노의 대표적 생산자의 하나이고 내가 애정하는 와이너리는 비온디 산티도, 아르지아노도, 알테시노도 아닌 바로 카사노바 디 네리입니다. 오늘 마신 와인, 피에트라 도니체 산탄티모 2003은 BDM이 아니지만 카사노바 디 네리가 생산하는 또 한 종류의 수준 높은 와인입니다. 브루넬로 디 몬탈치노는 산지오베제의 특수 클론 브루넬로로 만들지만, 이 와인은 카베르네 소비뇽 90퍼센트와 산지오베제 10퍼센트가 혼합되었습니다. 15년 숙성된 산탄티모는 아직도 충분히 젊습니다. 루비 빛 컬러가 밝고 투명하게 빛나면서 블랙베리와 블랙체리의 복합적인 과일 향이 치명적인 달콤함을 느끼게 합니다.《다뉴브》에서 클라우디오 마그리스는 말했습니다.

쾌락은 그저 만질 수 있는 것과 유한한 것을 필요로 하지 그 너머의 것을 좋아하지 않는다.

그렇습니다. 한 잔의 와인을 앞에 놓고 사막을 가로지르는 천리 길을 오체투지로 참회하며 기어갈 필요는 없습니다. 거대하거나 높은 사유보다는 현실적인 존재에 집중해야 삶이 재미있다고 이 와인은 내게 말합니다.

'Carpe Diem(오늘을 즐겨라).'

와인은 사랑처럼 삶의 의미를 부여할 수도 있지만 또한 사랑처럼 삶을 항상 쉽게 풀어주지는 않았습니다. 삶은 언제나 우리의 발목을 잡고 흔듭니다. 우리는 현실에서 도망칠 수도 없이 언제나 삶에 내재합니다. 어떤 초월성도 신앙도 삶의 바깥에서 주어지는 것이 아니라고 와인이 내게 말해주는 듯합니다. 지금 여기 존재하는 것에 대한 사랑에 삶의 의미를 두어야 한다는 듯 입안을 가득 채우는 집중도 높은 타닉함은 부드럽고 세련된 매너를 가진 남성성이 때로는 거친 야성미를 보여줄 줄 아는 매력이 있습니다. 이 와인은 사랑하는 두 사람이 함께 마신다면 좋겠습니다. 그래야만 쾌락이라는 파괴적 열망과 창조적 행동을 내포한 사랑의 에너지가 두 사람이 함께 구축한 삶 속에서 활짝 피어나 풍요로워질 것입니다.

피에트라 도니체 산탄티모는 카사노바 디 네리의 뛰어난 두 개의 포도밭 테누타 누오바와 체레탈토에서 수확된 카베르네 소비뇽으로 양조되었습니다. 적당하게 잘 익은 카베르네의 달콤한 카시스와 견고한 타닌이 고급스럽게 결합된 와인입니다. 카베르네 소비뇽의 잠재력을 산지오베제의 아로마와 다채롭게 조화시켰다고 말할 수 있습니다. 카사노바 디 네리 와인의 최고봉은 브루넬로 디 몬탈치노 체레탈토입니다. 이 와인 한 케이스(2004)가 셀러에서 조용히 잠자고 있습니다. 어느 화려한 날 이들을 깨워서 미각의 사치를 누려보겠습니다. 천재적인 세기의 바람둥이 카사노바가 되어 이 와인 한 모금을 통해서 "에로티시즘이란 죽음에 이르기까지 삶을 긍정하는 것"(조르주 바타유)임을 확인해보려 합니다.

긴 여운이 남는 이 와인에는 그릴에 구운 소고기 안심에 백후추를 뿌려서 스테이크로 즐기거나 48개월 이상 숙성한 붉은 암소 젖으로 만든 파르미자노 레자노 치즈와도 환상적인 궁합을 이룰 듯합니다.

와인 너머, 더 깊은

위대한 여름

새롭고 한없이 넓은 여름이 온다

오늘의 와인

DER SOMMER WAR SEHR GROSS Risling 2012 Mosel Franzen

여름이 떠나가려 합니다. 여름에 이끌리는 이유는 풍부하고 번잡하고 일종의 도취와 같은 피로감이 느껴지는 매력적인 밤을 가졌기 때문일 것입니다. 대체로 여름밤은 젊은이들의 소유이긴 하지만, 그래도 나는 한여름의 고요 속에서 내 마음의 떨림을 생각합니다. 그런 내 마음은 모험에 찬 여행자 같은, 여자들을 향한 매혹의 힘 같은 떨림을 갈망합니다. 여름이 지나간다는 것은 마치 우리 자신의 자랑스러운 '사내다움'이 위험스럽게 거세되는 모멸감처럼 가을이 온다는 것을 덧없이 지켜봐야 하는 시간입니다.

> 그때 나는 필사적으로 나의 도시며 지중해안이며
> 그리고 초록빛 속에 잠긴 채
> 젊고 아름다운 여자들로 들끓는,
> 내가 그렇게도 좋아하는 부드러운 저녁때를 생각했다.
> ― 알베르 카뮈,「영혼 속의 죽음」

이럴 때 나는 온몸으로 여름밤을 육화하기 위해 강화도로 가서 갑비고차 울트라 100킬로미터 마라톤을 달립니다. 밤을 새워 강화도를 한 바퀴 돌아 결승선에 도달하면, 그런 행위를 통해서만이 고양될 수 있을 것 같은 자유로움을 만끽하면서 14시간 동안을 지독하게 달리고 나서야 비로소 참다운 인간이 된 듯 경건하게 새로운 아침 해를 맞이합니다. 나에게 울트라마라톤은 일종의 제의와 같은 행위입니다. 씻김굿판처럼 이렇게 한바탕 일을 치르고 나면 육체와 정신은 거울처럼 맑아지고 명료해짐을 느낍니다.

그래서 은근히 여름을 기다려왔던 듯합니다. 이 행사에 대비해 봄부터 몸을 단련하기 시작합니다. 매일매일 체육관 출입을 당연시하고 달리고 달립니다. 그리고 여름이 오면 자신감이 가득 차서 육체는 깃털처럼 가벼워지곤 했습니다. 고전에 등장하는 우화등선(羽化登仙)이라는 말이 신선들에게만 해당하는 단순한 수사가 아니라 몸을 단련하면 누구나 성취할 수 있는 단계를 의미한다는 것을 어느 순간 깨달았습니다. 정말로 겨드랑이에 날개가 생겨서 하늘로 올라가는 듯한 가벼운 느낌으로 자신의 육체를 관조할 수 있습니다. 이런 준비가 끝나면 100킬로미터를 달린다는 것은 무모함이 아니라 두려움 모르는 용기일 뿐 어떤 장애물도 가로막지 못합니다. 이 레이스는 언제나 즐거웠고 어느덧 가슴 벅찬 친숙함이 되었습니다. 생각해보면 삶에서 이보다 더 용기를 주는 방법이 또 있을까 싶습니다. 여름이 오면 나는 열매를 주렁주렁 매달고 있는 포도나무처럼 사기를 드높입니다. 시가지를 지나고 들판을 넘어, 바다를 만나고, 호수를 끼고, 높은 언덕을 오르면서 하룻밤을 꼬박 새워 달리는 러너의 자긍심에는 그 어떤 허영도 끼어들 틈이 없습니다.

> 쉿, 사랑하는 이여, 얼마나 많은 여름을 내가
> 살아서 돌아왔는지는 내게 중요하지 않다.
> 이 한 번의 여름만으로 우리는 영원에 들어섰으니까.
> ─루이스 글릭, 「흰백합」

올여름은 가히 세기의 여름입니다. 더위가 마땅히 물러가야 할 처서가 지난 오늘도 33도에 육박했습니다. 100년 만의 기록적인 더위라는 둥 그 수사가 과장이 아닙니다. 그러나 여름의 입장에서는 대단한 자부심이겠지요.

사람들이 일생에서 처음 겪을 수밖에 없는 진정한 여름의 모습을 보여주었으니. 이런 더위도 있다는 것을 우리는 놀라움으로 경험했습니다. 그러나 이제는 서서히 이 기세도 점차 누그러들고 있습니다. 포도 재배자들은 포도밭을 바라보며 이렇게 기원할 것입니다.

이틀만 더 따뜻한 햇볕을 주시어 무성한 포도송이에
마지막 단맛을 불어넣어주십시오.

포도가 그렇게 익어가는 시간입니다. 이쯤에서 이 여름을 기억하기 위한 작은 이벤트로 모젤 리즐링 와인을 선택했습니다. '데어 좀머 바르 제어 그로스(Der Sommer War Sehr Gross)'라는 아름다운 이름은 릴케의 시에서 따온 '여름은 참으로 위대했습니다'라는 의미입니다. 독일 모젤 지방은 유럽에서 가장 경사가 심한 밭에서 포도를 재배합니다. 그냥 서 있기도 힘든 경사를 이루고 있는 밭일수록 훌륭한 와인이 나오는 경향이 있습니다. 그러나 경사지는 평지보다 더 세심한 관리가 필요합니다. 어떤 포도밭의 경사 각도는 70도에 달하는 아찔한 자리에 있기도 합니다. 자연재해에 매우 취약한 이런 곳은 한시도 눈을 뗄 수 없습니다. 특히 기계가 들어가서 작업할 수 없는 환경이기 때문에 모든 것을 사람 손으로 일일이 해야 하는 수고로움이 뒤따릅니다. 프란첸 와이너리도 그런 곳인데 현 오너의 아버지는 2010년에 이 포도밭에서 일하다 불의의 사고로 유명을 달리했습니다. 그 아들은 아버지의 명성을 지키고 아버지를 기념하려고 와인을 만들었습니다. 아버지에게 헌정된 이 와인이름은 'Der Sommer War Sehr Gross'입니다. 모젤 와인의 특징은 점판암의 미끄러운 급경사지에서 자란 리즐링이 보여주는 미네랄의 광물질적인 미감입니다. 바로 이 와인은 미끄러운 미네랄의 촉감에다 벌꿀 향, 사과 향, 열대과일의 느낌에 적절한 산도가 마지막까지 균형을 잡아줍니다. 첫 모금은 꿀 향에서 시작되었지만 쌉쌀한 마무리가 여운처럼 오래 남습니다. 이런 리즐링에는 가볍게 소금버터빵 하나면 충분하리라 봅니다. 헤이리 뮤지엄 카페 르 시랑스에 가면 늘 구할 수 있는 이 빵을 저는 즐깁니다. 유기농 밀과 반죽에 특별한 노하우가 숨겨진 빵으로 버터와 소금의 조화가 담백하고 부드럽습니다. 이 소금버터빵이 리즐링의 광물질적 미네랄과 절묘한 궁합을 보여줍니다.

뜨거운 여름 한낮에 18킬로미터 장거리 훈련을 마치고 나서 칠링된 차가운 와인 한 잔을 마시니 감로주가 따로 없습니다. 와인 한 잔이 부여해주는 여유로움 때문에 과거 100여 년 전 시인 릴케는 여름을 어떻게 보냈을지가 갑자기 궁금해집니다. 1913년 8월에 릴케는 하일리겐담이라는 곳으로 갔습니다. 호텔 테라스에서, 그의 옆에서 모카커피를 마시고 있는 헬레네 폰 노스티츠라는 여인의 손을 잡습니다. 그녀는 릴케의 그윽하고 짙푸른 눈을 바라봅니다. 그리고 나중에 좀 진정이 된 릴케는 루 안드레아스 살로메에게 "이곳이 무척 마음에 든다"고 편지를 씁니다. 그리고 옆에 있는 헬레네에게 말합니다. "저는 미지의 여인에게 끌립니다"라고. 그는 이곳에서 또 다른 여인 엘렌 델프를 만납니다. 젊은 여배우 엘렌과의 만족한 연애로 그녀에게 감사를 전합니다.

아름답고 풍요로우며,
지금 눈앞에 있는 모습 그대로
그대의 마음을 헤아릴 수 없이 예찬합니다.

릴케의 불안정하고 사치스러운 이런 생활방식은 부유한 부인들의 끝없는 기부가 뒷받침해준 덕분에 가능했다고 합니다. 그렇습니다. 100년 전에도 여름은 이 연애처럼 뜨겁고 풍요로웠습니다. 또한 모든 여름은 위대했습니다.

곧 다시 여름이 온다
새롭고 한없이 넓은 여름이 온다.
—다니카와 슌타로

여기서부터는 자유다

매력적인 세상을 꿈꾸는 모든 이들을 위한 젝트

오늘의 와인

DICHTERTRAUM Mosel Riesling Sekt Brut

괴테는 대문호이기도 하지만 동시에 정치가로, 바이마르 공국의 재상으로도 활약했습니다. 그는 프랑스혁명 격동기에 바이마르 공국의 일원으로 프랑스에 종군했습니다. 1792년 9월 프랑스 동부지역 발미에서 프랑스 군대는 유럽의 모든 귀족이 이끈 연합 군주정 군대와 맞서 승리했습니다. 이 결정적 승리는 낡은 유럽 귀족계급의 몰락을 재촉했습니다. 이 생생한 현장을 목도했던 괴테는 선언했습니다.

와인 너머, 더 깊은

오늘 이곳에서 세계사의 새로운 시대가 시작된다.

그 혁명의 현장을 목격하고 귀국하는 도중에 괴테는 모젤 지방 쉥엔(Schengen)의 언덕에서 그림 한 장을 남겼습니다. 이 그림에는 프랑스혁명이 촉발한 자유의 시대가 유럽에 도래할 것을 그가 예감했음을 알게 해줍니다. 그림 속에 십자가처럼 서 있는 구조물은 그 지방에 실제 존재하는 것이 아니라, 프랑스혁명의 상징으로 유럽의 평화와 자유의 소망을 드러내려고 그가 그림 속에 세운 '자유의 나무'입니다. 그리고 괴테는 그 구조물에 이런 글귀를 적었습니다.

지나가는 길손이여, 여기서부터는 자유다.

괴테의 꿈 때문이었을까요. 그 후 200년이 지나서 그림의 배경이었던 이 마을에서 유럽연합의 첫 번째 조약이 이루어졌습니다. 이로써 괴테가 꿈꾸던 자유와 평화의 세상에 한 발 더 다가가는 계기가 되었습니다.

하지만 이렇게 찾아온 자유와 평화의 세상에서 우리는 진정 자유를 누리고 있을까요? 자유는 절대적일 수 없습니다. 자유는 다른 사람의 이익과 모순되지 않아야 합니다. 윤리-종교-조국이라는 이데올로기에서부터 삶으로 야기되는 수많은 관습이나 제약, 의무와 장애물에 휩

싸여 살아가고 있는 사람들의 삶은 늘 힘겨웠습니다. 그래서 자유는 언제나 고귀한 가치를 지닙니다. 오늘날 세계에서는 한 나라의 시민이 얼마나 많은 자유를 누리는지는 그 나라가 얼마나 발전되고 안정되고 문명화되었는지를 재는 주요 척도 가운데 하나입니다. 도대체 자유로운 삶은 어떤 삶이며 자유로운 정신은 어떤 것일까요. 소설 『그리스인 조르바』에서 자유로운 정신을 가진 인물을 만날 수 있습니다. 니코스 카잔자키스가 쓴 이 소설의 주인공 조르바는 조국이니 애국심이니 구원이니 하는 사회적 관습을 모두 버리고 새처럼 자유로운 영혼이었습니다. 소설의 어떤 장면에서 조르바는 마담 오르탕스에게 이렇게 말합니다.

　　이 세상에 좋은 것들은 다 악마의 발명품들이지.
　　아름다운 여자들, 봄, 와인 이런 것들은
　　악마가 만들었거든
　　하느님은 수도사들, 금식, 세이지 차,
　　못생긴 여자들을 만들었고.

　　조르바는 영원한 자유인의 표상입니다. 주인공 조르바는 타협을 모르는 자유로운 존재요, 수많은 상처에도 굽힐 줄 모르는 영혼을 지녔으며 하느님에게도 '아니요'라고 말하는 것을 두려워하지 않던, 크레타의 피가 흐르는 진정한 남자였습니다. 이 주인공이 곧 작가인 카잔자

키스 자신의 모습이기도 합니다. 카잔자키스의 유명한 묘비명을 보면 사회의 관습과 미덕을 모두 버리고 새처럼 자유로운 영혼으로 살았던 그의 작가정신을 만날 수 있습니다.

아무것도 바라지 않는다.
아무것도 두렵지 않다.
나는 자유다.

모젤에서 젝트를 생산하던 아돌프 슈미트(Adolf Schmitt)는 괴테의 이야기를 시인의 꿈(Dichtertraum)이라는 스토리텔링으로 와인 에티켓에 담았습니다. 모든 이들은 크고 작은 꿈들을 가지고 있고, 디히터트라움은 매력적인 세상을 꿈꾸는 모든 이들을 위한 젝트라는 의미라고 그는 말합니다. 스파클링 한 잔을 마시고 우리는 새처럼 자유롭게 날아갈 수는 없지만 조금은 마음이 가벼워지는 느낌을 가질 수는 있습니다. 그래서 조르바처럼 자유로운 영혼이 되고 싶은 꿈을 꾸어봅니다.

20세기 중반까지만 해도 위대한 와인을 생산하는 나라는 프랑스와 독일이었습니다. 세계 최고의 독일 리슬링은 1960년대 이후 내리막길을 걸었습니다. 독일 와인의 위대한 전통을 새롭게 해석해 큰 물길을 독일로 되돌리려는 새로운 재배자들이 나타나서 독일 와인은 침체기를 벗어나 점차 인기를 회복했습니다. 아돌프 슈미트는 모젤와인 생산협회 회장으로서 모젤와인의 품질 향상에 전력을 다했던 사람입니다. 우리가 독일와인하면 우선 모젤을 떠올리는 것도 어쩌면 이 분의 노력 덕분이 아닐까 싶습니다.

슈미트 씨가 만든 젝트는 화려한 수상 경력을 자랑합니다. 1994년 와인매거진 《Selection》의 스파클링 와인 블라인드 테이스팅 대회에서 샴페인이 포함된 스파클링 168개를 제치고 1위를 차지했습니다. 또한 독일연방 프리미엄 와인에서 '최우수 젝트 생산자상'을 수상했고 베를린 와인 트로피 최다 메달 획득 생산자에게 부여하는 '골든 리그'에 선정되기도 했습니다. 그는 와인 산지 모젤과 자르의 발전에 평생을 바쳐온 인물입니다. 특히 독일 스파클링 와인의 고급화는 그의 가장 큰 업적입니다. 지금은 일선에 물러나 모젤생산협회 명예회장인 슈미트 씨가 헤이리 식물감각을 방문했습니다. 파주 임진각과 판문점을 둘러본 후, 독일 와인 전문 수입사인 나루글로벌 이상봉 대표 그리고 독일에서 와인컨설턴트로 활약하는 황만수 선생과 함께 식물감각에서 점심식사를 했습니다. 순박하고 인정 많은 할아버지 같은 슈미트 씨와 함께한 점심시간이 무척 즐거웠습니다. 리즐링의 매력이라면 풍미의 투명성입니다. 그가 만든 와인 디히터트라움은 그런 매력으로 포도밭의 점판암 지질이 함유한 미네랄의 미감이 혀의 감각에 그대로 스며듭니다. 당도와 산도의 균형 잡힌 반짝반짝 빛나는 투명성과 견고함에 더해 그의 솔직함과 소탈함이 이 와인에서 싱그럽게 드러났습니다.

어디서나 피는 장미, 산티아고 가는 길

바다를 품은 와인

오늘의 와인

Santiago Ruiz 'O ROSAL' Rias Baixas 2015

세스 노터봄은 그의 예술적 기행문 『산티아고 가는 길』에서 스페인을 이렇게 묘사했습니다.

스페인에 오면

시간이 흐물흐물 녹아내리는 듯한 느낌이 든다.

시간이 녹는 모습으로 치자면

달팽이처럼 흐느적거리며 문드러지는

시계를 그린 달리만큼

와인 너머, 더 깊은

근사하게 그려낸 사람이 또 있을까?

스페인 북동부는 살바도르 달리의 고향입니다. 지중해와 면한 그곳 해안의 절벽을 그린 달리의 그림에는 무엇이든 녹아내리고 시체처럼 축 늘어진 시계들이 발효된 치즈처럼 흐물흐물합니다. 그는 삶의 종말을 상징하는 시대의 풍경을 그렇게 묘사했습니다. 태양의 나라 스페인은 달리의 그림처럼 몽롱하지만, 그 경이로움은 끝을 모릅니다.

스페인 북서쪽에 위치한 리아스 바익사스는 스페인에서 가장 흥미로운 화이트 와인이 생산되는 지역입니다. 서늘하고 비교적 습한 대서양 연안지역인 이곳은 오로지 화이트 와인 알바리뇨(Albarino) 한 품종으로만 와인을 생산합니다. '어디서나 피는 장미'라는 뜻을 지닌 오 로살(O Rosal)은 이 와인을 만든 와이너리 산티아고 루이즈가 있는 마을 이름입니다. 마을 이름이 이처럼 아름다워도 되나요?

이 와인은 아들 내외가 이번 여름 휴가로 포르투갈과 스페인 갈리시아 지방을 여행하고 가져온 것인데, 그 여행을 추억하며 오늘 함께 시음해봅니다. 우리에게는 무척 낯선 품종 알바리뇨는 리아스 바익사스 화이트 와인이 스페인에서 왜 최고급 화이트 와인 생산지로 인식되는지를 말해줍니다. 파삭하면서도 크림 질감의 모순적인 감각을 보여주는 매우 드라이한 순수하고 깔끔한 풍미가 생동감을 보여줍니다. 레몬, 라임, 감귤 등의 시트러스 계열의 향에 더해 살구향 그리고 키위에다 아몬드의 견과류까지 느끼게 하는 개성이 뚜렷한 와인입니다. 무엇보다도 이 와인 한 잔으로 생(生)이 경쾌해짐을 느낍니다. 노란 은행잎이 나무에서 떨어져 사라지듯이, 불필요한 것들을 말끔히 털어버리고 가벼운 몸으로 목표를 향해 한 걸음 한 걸음 나아가라고 시음자에게 이 와인은 조곤조곤 충고합니다.

무엇보다도 이 와인은 순례자들을 위한 와인입니다. 먼 길을 떠나는 여행자들에게 제격일 듯한데, 특히 이 와인의 에티켓에는 순례자들의 길 찾기 지도처럼 그림이 그려져 있습니다. 이 와이너리를 세운 할아버지(현재 3대째 가족경영)가 딸의 결혼식을 위해 청첩장에 그린 것이었다고 전해집니다. 사실 이 와이너리 이름도 산티아고 루이즈로 산티아고 순례 길을 연상케 합니다. 리아스 바익사스 지역은 산티아고 데 콤포스텔라 대성당이 위치한 갈리시아 지방에 속합니다. 스페인의 북동부에서 북서부로 유장하게 이어지는 산티아고 순례 여행의 종착지가 바로 이 성당입니다.

순례는 성스러운 장소를 향해 걷는 여정이다.
순례자는 무턱대고 가는 것이 아니라
자신의 관점에서 의미가 있는 것을 향해,

와인 너머, 더 깊은

하나의 약속을 향해 걷는다.

　—『걷기의 철학』

　그러려면 몸에 대한 노동이 필수적이지요. 달리의 시계처럼 축 늘어진 몸을 일으켜 세우고 목적지를 향해 매일매일 길을 재촉해야 합니다. 이때 걸음걸이는 물질적이고 이해타산적인 세계에 붙들어 매인 우리의 정신과 육체의 매듭을 풀고 몸을 정화해줍니다. 이처럼 긴 여정의 많은 시간을 견디려면 다시 말해 가슴과 정신을 열려면, 이처럼 순수한 느낌을 주는 와인이 필요할 것입니다. 아니나라면 반드시 그럴 것입니다. 그러면 와인은 순례 길을 이끄는 또 하나의 장비가 됩니다.

　갈리시아 지방은 가리비가 표상입니다. 가리비는 이 지방의 특산물이어서 산티아고 데 콤포스텔라의 장엄한 성당 돌벽은 조각한 가리비로 덮여 있습니다. 중세 시대부터 종교적 순례 길의 여행자들은 외투와 모자에 이 가리비 껍질 모양의 배지를 부적처럼 달고 가리비 그림이 그려진 이정표를 따라서 이 여행길에 나서는 이유이기도 합니다. 그리고 갈리시아 화이트 와인은 해산물과 궁합이 잘 맞는다고 알려져 있습니다. 특히 가리비와는 환상적인 페어링을 보여준다고 합니다. 또한 초밥과 튀김, 석쇠에 구운 생선과 잘 어울릴 듯합니다. 그래서 이 와인은 바다를 품고 있습니다. 언젠가는 리아스 바익사스(리아스식 해안이라는 말은 이 지명에서 유래) 해안 언덕에서 대서양을 바라보며 이 와인을 마셔야겠다는 꿈을 꿉니다.

> 균형 잡힌 시선을 가진 자는
> 가장 매혹적인 걸음걸이로
> 자신의 생(生)을 거닌다.
> ― 레이첼 카슨

한 잔의 와인을 마시고 매혹적인 걸음걸이로 자유로운 영혼이 되어 길을 떠나라고 '오 로살'은 자꾸만 나를 재촉합니다.

바롤로가 던지는 질문

고집스럽고 야만적인 바롤로 이해하기

오늘의 와인

Rocche Costamagna Bricco Francesco BAROLO Riserva 2011

포도 알들은 어떻게
포도송이의 정책을 알게 되었을까?

그리고 영글게 놔두는 것과 따는 것 중에
어떤 게 더 힘든지 당신은 아는가?

파블로 네루다의 시집 『질문의 책』을 읽다가 문득 바
롤로를 마셔야 할 것 같아서 '로케 코스타마냐 브리코 프란체스코 바롤로 리제르바 2011'를 땄습니다(이름이 길지요. 프랑스와 이탈리아를 비롯한 유럽의 와인은 이름이 길면 일단 좋은 와인이랍니다). 왜 하필이면 바롤로였을까요? 이 시집의 네루다 시가 모두 질문 형태로 문장이 끝나듯이 바롤로와 바르바레스코 와인은 언제나 이 시처럼 질문을 남깁니다. 그동안 바롤로와 바르바레스코는 부르고뉴 와인과는 달리 화려하게 나를 만나주지 않았습니다.

이 와인들은 언제나 내게 묻곤 했지요.

맛있니?
무슨 향이 나니?
나의 강건함이 마음에 드니?
아직 더 숙성되어야겠지?
나의 고전적인 부케가 생소하지?

그렇습니다. 바롤로를 마실 때마다 나는 이 와인을 만드는 품종 네비올로의 원래 뜻처럼 모호한 '안개(Nebulous)' 속을 헤매는 나그네가 됩니다.

타닌이 강렬하고 단단한 와인이기 때문에
어리고 숙성되지 않았을 때는 굳게 닫혀 있고
야만적이다.
— 로버트 파커

네비올로는 본질적으로 다루기 힘든 품종이다.
그렇게 고집스러운 타닌과 산을 갖고 있는 품종은
어디에서도 찾아보기 어렵다.
— 잰시스 로빈슨

세계적인 두 와인 평론가가 단호하게 서술했듯이 이 와인은 제어하기 힘든 늑대를 가축으로 만들어놓은 듯 마실 때마다 위태로운 묘한 긴장감을 느낍니다.

이탈리아에는 포도의 토착품종이 많기로 유명합니다. 대략 1,000종이 넘습니다. 그래서 이런 말이 있습니다.

이탈리아 토착 품종을 세는 것은
바다의 파도나 바람에 날리는
사막의 모래알을 세는 것과 같다.

하지만 네비올로는 무수히 많은 그 토착 품종 중에서도 이탈리아의 귀족 품종으로 불릴 만큼 중요한 와인을 만듭니다. 이름하여 바롤로와 바르바레스코입니다. 그래서 바롤로는 와인의 왕이요, 바르바레스코는 와인의 여왕으로 불립니다. 이 두 와인이 모두 네비올로 품종으로 만든 파워풀한 구조감과 강한 타닌을 지녔지만 바롤로는 좀 더 강건하고 견고하며 남성적인 반면에 바르바레스코는 이에 비해 좀 더 우아한 편입니다. 이는 바르바레스코의 석회질 토양에서 유래한 부드러움으로 인해 여왕의 품격을 지니게 되었습니다.

　네비올로는 10월이 되어야 수확하는 늦게 익는 품종입니다. 이 품종은 매우 높은 알코올과 높은 산도 그리고 찌를 듯한 타닌을 보여줍니다. 또한 얇디얇은 껍질에서 추출한 옅은 색소가 인상적이지만, 풍부하고 섬세한 결을 지녀 종잡을 수 없는 여인의 마음처럼 어렵기만 합니다. 무엇보다도 바롤로를 평가하는 기준이 표준화된 보르도나 부르고뉴의 잣대로는 제대로 음미할 수 없다는 데 어려움이 있습니다. 바롤로는 혀에서 느껴지는 무게감이 아니라 네비올로의 날카로우면서도 향기로운 아로마를 섬세하게 잡아내서 말린 체리, 말린 과일 향 그리고 장미향과 송로버섯향이 어우러진 복합적인 향을 세심하게 만끽해야 비로소 바롤로와 제대로 만난 것입니다. 파올로 모넬리라는 사람이 1920년대에 바롤로를 맛본 뒤 남긴 말을 들어보시죠. 바롤로의 느낌을 아주 적절한 비유로 이보다 더 잘 표현하기는 쉽지 않을 듯합니다.

　바롤로는 무엇보다도 눈을 즐겁게 한다.
　내가 지금 마시고 있는 건
　13년이란 세월이 담긴 와인이다.
　뜨거운 느낌을 전달하는 벽돌색을 통해
　내 눈에 들어오는 것은,

와인 너머, 더 깊은

해 질 무렵 폭풍우가 몰아친 뒤

갑자기 갠 하늘을 뚫고

훨훨 타오르는 볼로냐의 탑들이다.

그 뒤에 등장하는 맛은

혀를 힘차게 휘감으며 입맛을 강탈하는 듯하다.

그 맛이 전달하는 것은 충만함과 왕성함이다.

오늘 맛본 바롤로는 라 모라 지역의 로케 델 아눈지아타 싱글 빈야드 40년 수령 포도나무에서 생산된 와인입니다. 슬로베니아 산 오크에서 36개월 숙성한 후 다시 24개월 동안 병입 숙성을 거쳐 시중에 나왔습니다. 따스한 햇살의 영향을 받은 크뤼에서 생산된 와인답게 장미와 바이올렛의 부케가 복합적으로 길게 여운처럼 감돌다 사라집니다. 인상적인 플로럴한 향기와 더불어 우아하고 여성스러운 관대한 스타일의 바롤로라는 평가를 받는 로케 델 아눈지아타의 이 와인은 생동감 넘치는 가성비 최고의 바롤로입니다. 이 와인 또한 세월이 지나면 그 단단함 속에 보물이 있음을 우리는 알게 될 것이 확실합니다. 좀 더 부드럽고 나긋나긋해진 여인을 만나려면 뜸 들이는 시간이 아직은 필요할 것 같습니다.

피에몬테 알바에서 나오는 흰 송로버섯은 이곳의 상징적인 식재료입니다. 검은 송로보다 훨씬 더 가치 있는 흰 송로는 '식탁의 다이아몬드'라고 불립니다. 이 송로를 그들은 천연 강정제 또는 최음제로 다룹니다.

> 송로는 여성을 더 부드럽게 만들고
> 남성을 더 온화하게 변화시킨다.

그래서일까요. 카사노바가 타락한 베네치아 수녀와 밀애를 즐길 때의 메뉴에 송로요리는 빠지는 법이 없었다고 합니다. 전설에 의하면 사슴의 정액이 모여 송로가 되었다고 하는군요. 튀러플(Truffle)을 발음하는 것만으로도 에로틱하고 맛있는 음식을 꿈꾸게 된다고 프랑스의 어떤 미식가는 선언했습니다. 이는 마치 '질베르트'를 발음할 때면, 나는 내 입안에 그녀를 완전히 벌거벗은 채로 머금고 있다고 말했던 조금은 섬짓한 프루스트의 언어에 대한 예민한 감각을 연상케 합니다. 이 지역 최고의 명품 송로버섯과 바롤로는 필연적으로 최고의 궁합이 됩니다. 하지만 그들은 엇갈린 운명으로 태어났습니다. 뛰어난 송로와 바롤로가 같은 해에 한꺼번에 최고의 품질이 될 수는 없습니다. 송로는 비가 많이 온 여름 이후의 가을에 가장 맛있는 반면, 와인은 건조하고 뜨거운 여름이어야만 좋은 제품으로 탄생하기 때문입니다. 아무튼 이 지역은 풍요의 땅입니다.

와인 애호가들의 메카 바롤로와 바르바레스코를 포함한 피에몬테 지역은 아직 전통이 많이 살아 있는 곳입니다. 토스카나가 훨씬 더 현대화되고 발전된 방식으로 상업화된 지역이라면 이곳은 아직도 농장방식으로 와인이 만들어지는 문화를 지니고 있기 때문입니다. 품질에 대해선 타협하지 않고 철저히 자신의 철학으로 와인을 생산하는 와인 메이커들이 많이 존재하는 이 지역은 그래서 더욱 특별합니다. 그런데 최근에 바롤로의 역사적 생산자 비에티(Vietti) 포도원이 미국의 투자회사인 카일 크라우스에 매각되었습니다. 와인스펙테이터에서 이탈리아 와인을 이끌어갈 차세대 10인 중 한 사람으로 선정될 정도로 그 실력을 인정받은 와이너리였기에 그 충격은 컸습니다. 그는 일관성을 갖고 깨끗하고 틀림없는 와인을 만들어온 생산자라는 평판을 얻어온 생산자였습니다. 자연에 대한 이해에서 출발한 와인을 만들고 싶어 했던 비에티, 와인의 순수성을 지키려고 애썼던 그의 노고를 이제는 다시 만나보기 어렵게 될 듯합니다. 이탈리아 와인 전문가 안토니오 갈리오니는 이 사태를 '순수의 종말(The End of the Innocence)'이라고 격렬하게 성토했습니다. 바롤로와 바르바레스코의 와인 문화도 서서히 인간적인 요소가 배제되어가는 것 같아 아쉽게 느껴집니다.

항상 기다리고 있는 사람은 아무도
기다리지 않는 사람에 비해 더 고통스러운가?

유성이 거기서 떨어지는
그 철의 포도밭은 어디일까?

늙은 포도나무처럼

지금이 몇 시냐고 묻는다면 '지금은 취할 시간'

오늘의 와인

Kaesler OLD BASTARD Shiraz 2006

그동안 시차를 두고 몇 번의 시음을 했지만 그때마다 너무 일찍 오픈한 탓에 쉬라즈 특유의 달콤한 맛이 이 와인의 저력을 가려버려 다소 실망스러웠던 와인이었습니다. 그러나 시간이 흘러 12년 숙성을 거치니 단맛이 정제되어 완숙한 자태로 오늘의 시음자인 '늙은이들(Old Bastard)'을 반갑게 맞이해줍니다. 114년 된 늙은 포도나무에서 수확된 캐슬러의 유일한 싱글 빈야드 와인답게 매우 강렬한 풍모를 드러내기 시작합니다. 극히 적은 수확량과 수작업으로 섬세하게 재배되고, 뿌리가 땅속 깊숙이 뻗어가서 길어 올린 미네랄이 매력적으로 느껴지는 올드 바스타드는 캐슬러의 역작입니다. 이 와인이 생산되는 지역인 바로사의 여름은 덥고 건조하기로 유명합니다. 2006년 빈티지는 40도가 넘는 여름의 고온을 견뎌낸 만큼 진한 컬러와 풍부한 타닌, 그리고 단단한 과일 향으로 오래도록 보관하고 마셔도 좋을 와인입니다.

바로사밸리는 호주 최대의 고급 와인 산지로 알려져 있으며, 특히 100년이 넘는 올드 바인이 많기로 유명합니다. 쉬라즈는 어느덧 호주 와인의 아이콘이 되었습니다. 그런 쉬라즈의 가장 뛰어난 와인이 생산되는 지역이 바로사밸리입니다. 이 지역의 풍부한 맛을 함축한 아이덴티티로 그 존재감을 드러내는 캐슬러의 대표와인 '올드 바스타드'가 오늘의 주인공입니다. 호주의 바로사밸리는 쉬라즈 고목들이 존재하는 덕분에 역사와 전통과 자부심 같은 아우라를 지닌 특별한 분위기를 보여줍니다. 이 오래된 포도나무가 생산해낸 생명수 같은 와인이 담긴 투명한 글라스를 바라보고 있자니 이제 늙은이가 되어버린 내게도 인생의 전환점이 다가왔음을 깨닫게 됩니다. 모든 사람은 속절없이 늙어갑니다. 빛나던 인생의 한때는 흐르고, 스쳐 지나가고, 꽃잎처럼 흩날려 사라집니다.

내 가슴이 꽉 메어 올 적이며,

내 눈에 뜨거운 것이 핑 괴일 적이며,

또 내 스스로 화끈 낯이 붉도록 부끄러울 적이며,

나는 내 슬픔과 어리석음에 눌리어

죽을 수밖에 없는 것을 느끼는 것이었다.

— 백석, 「남신의주 유동 박시봉방」

이 시의 시적 화자처럼 춥고, 외롭고, 쓸쓸한 거리 끝을 헤매다가 이런 적막 같은 암울한 현실을 만나는 늙은 자신의 무기력한 모습을 바라본다는 것은 슬픈 일입니다. 늙어가는 사람은 갈수록 세계를 잃어가는 '나'가 됩니다. 이는 늙어가는 사람에게 세상이 등을 돌린다는 말과도 같습니다. 타협, 통속, 싸구려 위로의 허위를 드러내지 않으면 덧없는 시간 속에서 진짜 '나'를 만날 수 없습니다. 자신의 시간을 발견하는 사람이 되어야 합니다.

알지 못하는 교통 표지판 사이에서 헤매는

자동차 운전자처럼,

옛날만 기억하는 낯선 손님처럼 굴면 안 된다.

— 장 아메리

그래서 나이 들어가는 것은 슬픈 일입니다. 자신의 사진을 보고 있으면 비로소 내가 늙어가고 있음을 확인합니다. 저 빛나던 시절이 내게 있었음을 이제야 인지하다니. 하지만 어쩌겠어요. 누구도 이 자연의 흐름을 거스를 수는 없으므로 차라리 이런 숙명을 수용하고, 어깨에 힘을 빼고, 과거에 고착되지 말고 편안한 마음으로 나를 새롭게 만들어 가야겠습니다. 노년도 즐거울 수 있어야 합니다. 그러려면 많은 노력이 수반됩니다. 우리는 건강하게 늙을 수 있는 삶의 방식을 모색하여 찾아내야 합니다. 시인 백석이 온갖 풍상을 다 겪고 나서 홀로 저녁 눈을 맞고 서 있는 '굳고 정한 갈매나무'로 재탄생되듯이 그렇게 정신적으로 일어서야 합니다.

미셸 투르니에는 인간 존재에 대한 사유와 통찰력을 신화적 상상력으로 보여준 글들을 썼습니다. 그의 많은 글들이 내 삶의 조리개를 열어 나에게 생의 깊이를 부여해주었습니다. 그는 지금의 내 나이에 대해 이렇게 말했습니다.

한동안 나는 아직 60대(Sexagenaire)를,
다시 말해서 섹스의 나이를 즐길 것이다.
그러나 머지않아 나는 70대(Septuagenaire)가 될 터이니
왕홀(王笏, Scepter)* 의 나이에 들게 되는 것이다.
오직 늙은이에게 관심이 있는 젊은이들만이
내게 눈길을 줄 것이다.
여전히 호박이 넝쿨째 굴러들어오기를 바라긴 하면서도

* 왕의 권력과 위엄을 나타내는 손에 드는 상징물

117

내 쪽으로 이끌어 들이려는 노력은

조금도 하지 않게 되는

그런 때가 오고 있다는 것을 나는 느낄 수 있다.

이렇게 되면 당연히

그런 호박은 구경하기가 점점 어려워지겠지.

하지만 아무러면 어때!

    강물의 물줄기처럼 도도히 흘러가는 시간을 누가 되 잡을 수 있을까요? 시간은 오로지 모든 존재의 소멸을 향해 나아갈 뿐이라고 인식하기 쉽습니다. 그러나 나이를 먹는다는 것은 소멸을 향해 한발 한발 다가가는 것이 아니라 생명의 본질로 환원되는 과정이라는 깨달음이 필요합니다. 생명이란 살아가는 지금, 이 순간뿐입니다. 그래서 무작정 과거에 매달리기보다는 '지금'을 이야기하고 현재를 받아들이는 태도로 살아야 합니다. 지금은 어떤 순간을 의미하는 것일까요? 흘러가는 세월 속에서도 '지금'을 감각적인 시간으로 즐겨야 인생이 좀 더 즐거울 수 있습니다. 즐거움은 결코 논쟁의 대상이 될 수 없습니다. 누구나 즐거움을 찾고자 할 때 그곳엔 늘 즐거움이 존재합니다. 헤르만 헤세의 소설 『클링조어의 마지막 여름』에서 클링조어는 그의 친구 루이스에게 말합니다.

    감각적인 것이 정신적인 것보다 더 가치가 있는 것은 결코 아니네,

와인 너머, 더 깊은

그 반대도 마찬가지고.

양자는 하나이고, 모두 똑같이 좋은 것이야.

자네가 어떤 여자를 포옹하든, 시 한 편을 쓰든,

그건 똑같은 것이란 말일세.

여기에 중요한 것, 즉 사랑, 불타오름,

사로잡힘 등만 있다면

자네가 아토스산 위의 수도승이건

파리의 바람둥이건 마찬가지란 말일세.

그러니 누가 인생을 알기나 한답니까. 그냥 삶의 끝까지 나아가면서 나날이 새롭게 오늘을 즐겨야지요. 그래서 모든 감각을 열어놓고 샤를 보들레르처럼 지금은 취할 시간입니다.

그대 침실의 침울한 고독 속에서

바람에게, 물결에게, 별에게, 새에게, 괘종시계에게

달아나는 모든 것에게, 신음하는 모든 것에게,

굴러가는 모든 것에게, 노래하는 모든 것에게,

이야기하는 모든 것에게 물어보라, 지금이 몇 시냐고.

그러면 바람이, 물결이, 별이, 새가, 괘종시계가

이렇게 대답하리니.

'지금은 취할 시간!'

절제된 스타일의 프랑스 북부 론의 시라(Syrah)와는 다르게 남호주의 쉬라즈는 과일에 흠뻑 젖은 느낌을 보여줍니다. 그래서 육감적인 여성에 비유되곤 합니다. 그녀가 제공해주는 풍만한 와인을 서두르지 않고 천천히 음미합니다. 블랙베리와 블랙커런트 풍미에다 자두와 제비꽃 향이 달콤하면서도 스파이시하게 입안을 가득 채워 내 몸의 감각을 깨워줍니다. 늙어가는 나를 위로하면서 이 쉬라즈는 에너지가 넘쳐흘러 농밀하게만 느껴지던 젊음의 한때를 기억하게 해주려는 양 붉은 양귀비처럼 활짝 피어났습니다. 이제 나에게 명예와 헌사 따위는 중요하지 않습니다. 이 한 잔의 와인이 필요할 뿐입니다. 그러자 나의 온몸이, 인생이 달콤해졌습니다.

나이가 몇이냐고 내게 묻지 말라
지금은 오직 취할 시간
그리고 사랑을 나누어야 할 시간!

서두르지 말고 기다려라

카사노바 디 네리의 포도에 대한 안목

오늘의 와인

Casanova di Neri Brunello di Montalcino CERRETALTO 2004

　와인 애호가들이 흠모하는 카사노바 디 네리가 만든 브루넬로 디 몬탈치노 체레탈토 2004 한 케이스(12병)가 구입한 지 10년이 넘도록 셀러에 보관되어 있습니다. 반드시 시음 적기를 기다렸다기보다는 숨겨진 선물처럼 부동의 기다림 속에 누워 있다가 언젠가 조용히 깨어나면 나의 욕망을 충족시켜주리라 믿었습니다. 그것은 폴 발레리의 충고 때문이었을지도 모르겠습니다.

와인 너머, 더 깊은

사랑을 나누기 위해 나를 만나러 오는 여인에게
서두르지 말고 기다려라.

그렇게 10년을 기다렸던 와인을, 오늘 2019년을 보내고 2020년을 맞이하는 내밀한 시간에 한 병을 오픈합니다. 이탈리아 토스카나 지역 내 몬탈치노 지방에서 생산되는 브루넬로 품종(산지오베제의 특수 클론)으로 만들었다 하여 브루넬로 디 몬탈치노라 부르고 흔히 BDM이라는 줄임말로 표현되는 이 와인이 가진 매력은 대단합니다. 세련된 맛과 향기를 잘 표현하는 브루넬로 디 몬탈치노는 오래 보관할 수 있는 숙성 잠재력으로도 유명하여 그 이름만 들어가면 높은 가격표가 부착됩니다.

이 지역의 BDM 생산자 중에서 최고의 서열에 꼽히는 카사노바 디 네리는 모던 스타일을 추구하는 대표적 생산자입니다. 이 체레탈토는 그가 만드는 라인업 중에서 최상급 와인입니다. 체레탈토 포도밭은 강(Asso강)을 끼고 있으면서 원형으로 발달한 해발 250~300미터에 위치하여 미세기후의 영향을 받는 등 최상의 입지 조건을 갖추고 있다고 합니다. 체레탈토는 유기농방식으로 재배한 포도를 손으로 수확하여 와인을 만듭니다. 좋지 않은 빈티지에는 체레탈토를 만들지 않고 대신 한 단계 아래에 위치하는 테누타 누오바로 양조합니다.

체레탈토는 시장에 나갈 때까지 오랜 시간을 와이너리에서 보냅니다. 발효와 양조를 거친 이 와인을 오크통에서 31개월을 숙성시킨 후에도 30개월을 더 병 숙성시키니까, 대략 6년이 지나야만 와이너리를 벗어나 시장으로 나가는 셈입니다. 양조된 지 16년의 세월을 보낸 이 와인은 과연 어떤 빛깔일지? 어떤 향과 풍미를 선사할지? 자못 궁금합니다. 진한 루비컬러가 보여주는 체레탈토는 아직 농익은 색상이 결코 아닙니다. 젊음을 보여주는 색상이 그대로 투영됩니다. 너무 일찍 따버린 과일처럼 단단합니다. 그럼 도대체 얼마를 더 기다려야 할까요?

오픈하고 하루를 더 기다려서 다시 시음해봅니다. 블랙베리, 플럼, 스모키한 담배 향에 허브 향이 상큼하게 스치면서 꽃의 슬픈 살갗을 가진 제비꽃 설탕절임 같은 여인이 내 앞에 서 있습니다. 그것은 연약함이 아니라 섬세하고도 미묘하면서 우아한 힘을 지녔습니다. 한 모금을 입안에 넣고 굴려보면 플로라 아로마를 머금은 스윗함과 쓴맛의 드라이함을 풍기는 맛의 모순형용이라니! 꽃잎의 스윗함과 경쾌한 쓴맛, 이 두 영역의 뚜렷한 대비는 무언가 관능적인 느낌으로 존재합니다. 혀에서 느껴지는 감미로움이라는 감각은 단맛과는 다른 어떤 완전함을 뜻합니다. 결국 감미로움이란 인간의 욕망을 현실세계로 끌어내보여주는 말입니다. 포도를 재배하고 와인을 만든 카사노바 디 네리의 혁신과 유연성, 그리고 자신만만한 낙관성이 느껴지는 이 와인은 대단히 감미롭고 유혹적입니다. 섬세하지만 강하고 우아하고 화려하지만, 직접적이기 때문입니다. 와인은 인간의 몸을 흔들어 깨우고 삶을 즐겁게 합니다. 체레탈토의 겹겹이 쌓여 있는 향기를 하나씩 풀어낼 때마다 슬프리만치 아름다운 당신 피부의 촉감을 떠올리며 가슴이 뜨거워집니다.

> 성욕과는 달리, (몸의 아름다움이 아닌) 몸의 섹시함은
> 누군가가 머릿속에 에로틱한 행위의 대상으로 두었을 때
> 식별할 수 있다는 사실로 볼 때
> 고유하다.
> 이와 유사하게, 텍스트 내에서 식별되는 것이 있다면
> 우리의 섹시한 문장이 있다고 말할 수 있다.

롤랑 바르트의 이 말처럼 사람의 몸과 문장이 섹시하다면 분명히 섹시한 와인도 존재합니다. 자신이 원하는 것을 아는 쾌락의 힘으로 사람들은 늘 이런 와인을 그리워하게 마련입니다. 이 와인 한 모금을 또 꿀꺽 넘기면 향기가 몸 전체로 퍼져 나갑니다. 금방 몸이 회복되는 착각에 빠지듯이 쾌락주의자의 즐거운 시간이 또 그렇게 흘러갑니다.

이 와인에는 돼지 어깨살로 만든 요리와 매칭해보고 싶습니다. 브루넬로의 강력한 타닌이 기름기를 제거해주

므로 돼지고기와 잘 어울립니다. 삶은 돼지 어깨살 고기를 얇게 썰어서 크리미한 폴렌타(곡물을 갈아 끓여 만든 죽 형태의 요리)에 얹어 앙트레(서양요리의 정찬에서 식단의 중심이 되는 요리)로 만듭니다. 그리고 리카토니처럼 두꺼운 파스타와 함께 먹으면 좋습니다.

ㅁ언가 잊기 위해 맥주를 마
기억하기 위해서는 와인을

12X750ML   2103   x12 / 750 mL.   12 9375   750 ML AT   2014

14 RU'S PINOT

Part3

와
인
을

쓰
다

샴페인 예찬

샴페인은 단순한 술이 아니다. 그것은 마음 상태의 표현이다

Champagne Bruno Paillard ASSEMBLAGE 2008

그는 나를 물끄러미 쳐다본다.
그러곤 내게 '아름다움'을 부여한다.
나는 그 아름다움이 마치 내 것인 양 당연히 받아들인다.
별을 꿀꺽 삼켰으니 행복하기 그지없다.

이 시는 비스와바 쉼보르스카의 「와인을 마시며」라는
시의 첫 연입니다. 와인을 마시는 이 행복한 커플에게 생
의 의미를 부여하는 것은 구태의연한 거대관념(종교, 국가,

혁명)이 아니라 오늘날 우리가 믿을 수 있는 유일한 가치인 사랑일 것입니다. 남자는 상대 여성에게 아름다움을 부여하고 그렇게 아름다움을 부여받은 그녀는 오늘밤만큼은 여왕이 됩니다. 이런 장면을 연출하려면 많은 노고가 그들에게 필요했겠지만, 아무튼 와인은 이 두 사람의 가치를 돋보이게 합니다. 와인에 관심 있는 사람이라면 이 남녀가 마신 와인이 샴페인이라는 것을 곧바로 알아차릴 것입니다. 17세기 말 프랑스 샹파뉴에 살던 수도사 돔 페리뇽이 2차 발효에 의해 형성된 탄산가스로 터져버린 와인을 맛보고 "형제여, 형제여, 드디어 별을 마셨습니다"라고 외치면서부터 샴페인이 탄생했다는 내러티브가 전해집니다. 샴페인을 마신다는 행위는 곧 별을 삼키고 행복에 빠지는 시적 화자처럼 아름다워지는 일인지도 모르겠습니다. 그러나 거품을 일으킨다고 해서 모두 샴페인이 되는 것은 아닙니다.

요즘 세상에는 피즈(Fizz, 기포가 있는 음료)들이 넘쳐납니다. 당연히 기포가 있는 와인이 인기가 높습니다. 하지만 샴페인(Champagne)이 되려면 파리 북동부 샹파뉴에서 태어났다는 출생증명이 필요합니다. 아무리 거품이 많이 일어난다 해도 이 증명이 없는 다른 지역에서는 샴페인이라는 이름을 사용해서도 안 되고 할 수도 없습니다. 그냥 스파클링 와인으로 일반화됩니다. 다시 말하면 진정한 샴페인은 샹파뉴라는 한 지역에서만 생산되는 고유한

와인 너머, 더 깊은

브랜드입니다.

샴페인의 탄생설화는 수도사 돔 페리뇽으로부터 시작
되지만, 사실은 그가 단독으로 발견한 것은 아니고 샹파
뉴 사람들의 피나는 노력을 거쳐 완성된 결과물입니다.
샹파뉴 지역은 무척 추운 와인 산지입니다. 추운 날씨에
효모 활동이 정지된 와인이 봄이 오자 재발효되면서 거품
이 일었습니다. 당시엔 이런 현상에 그들은 기겁했습니
다. 라이벌 산지인 부르고뉴에서 만드는 와인에는 전혀
거품이 일지 않았기 때문입니다. 샹파뉴 와인 양조자들
은 거품이 올라오는 자신들의 와인에 늘 실망감이 컸습
니다. 하지만 그들은 어느 날부터 자신들이 만드는 샹파
뉴 와인을 다른 시각으로 바라보기 시작했습니다. 그러
자 발포현상은 결함이 아니라 오히려 와인을 특별하게
만들 수 있음을 인식하는 계기가 되었습니다. 코르크 마
개가 튀어 오르고 무엇보다도 지칠 줄 모르고 피어오르
는 기포들이 기적과도 같은 생동감을 부여한다는 사실
을 깨닫게 된 것입니다. 그리고 많은 노력 끝에 그들은
이른바 '샹파뉴 방식'을 창안하게 되었습니다. 그 후 이
샴페인의 양조법은 타지역 모든 생산자들의 모방의 대상
이 되었습니다.

샴페인은 세계적으로 양조가 가장 복잡한 와인에 속
합니다. 세심하고 섬세한 작업과 고된 노동력 그리고 양

조 과정에서 빈틈없는 재능을 발휘해야 하는 까닭에 제대로 만들기가 아주 어렵습니다. 제조 과정에서 샴페인이 일반적인 스틸와인(스파클링 와인처럼 거품이 나지 않고 표면에 변화가 없는 와인)과 다른 점이 많지만 결정적인 차이는 천연 탄산가스가 병 안에 갇혀 있는 동안 일어나는 2차 발효입니다. 이렇게 갇혀 있던 탄산가스가 샴페인의 거품을 일으킵니다. 개봉했을 때 샴페인 한 병에는 대략 5,600만 개의 기포가 존재한다고 합니다. 이 기포가 작을수록 우수한 품질의 와인으로 인정됩니다. 그리고 이 기포는 플루트 잔에서 섹시한 소리를 내면서 끊임없이 올라옵니다. 이처럼 잘 만들어진 샴페인은 다른 어떤 스파클링 와인도 갖지 못한 특성으로 사람들의 마음을 사로잡습니다. 뛰어난 제품은 칼날처럼 정제된 섬세함과 집중력을 보이면서 자신의 특성을 드러내주는 미덕을 지닌 와인입니다. 최고의 샴페인은 섬세함과 풍부함은 말할 것도 없고 신선한 생기가 부드러운 자극성과 조화를 이루며 기분 좋은 상쾌함과 고상한 기품을 드러내줍니다. 그러니 '샴페인은 단순한 술이 아니다. 그것은 마음 상태의 표현'이라는 말이 가슴에 와닿을 수밖에 없습니다.

도취는 즉흥으로 이뤄지지 않는다.
그것은 재능과 몰두가 요구되는 예술에 속한다.

아멜리 노통브의 소설 『샴페인 친구』는 이렇게 시작

합니다. 샴페인만큼 다정다감하고 경쾌하면서도 차가운 감각으로 쾌락을 선사하는 동시에 여왕 같은 기품이 폭발하는 음료가 있을까요?

왜 하필 샴페인이냐고?
샴페인에 취하는 건 다른 술에 취하는 것과 전혀 다르니까.
술마다 사람을 취하게 하는 힘이 서로 다른데,
샴페인은 천박한 메타포를 불러오지 않는
몇 안 되는 술 중 하나다.

이처럼 영혼을 고양하는 동시에 고상함을 부여하는 술이 있을까요. 그래서 사랑을 부채질하고 싶을 때는 샴페인을 마셔야 한다고 노통브는 주장합니다.

처음에는 기교를 부리다가 곧 빛을 발하고
끝으로 꽁꽁 얼어붙는
그 새로운 쾌락에 몸서리를 쳤다.

이러니 샴페인은 까다롭고도 다가서기 쉽지 않은 여성에 비유됩니다. 다채롭고도 아름답고 재능으로 가득 찬 여인과의 육체적 교감 같은 황홀함을 부여하는 꿈을 꾸는 음료, 그것이 곧 샴페인입니다.

그들의 영롱한 광채가 보석, 금과 은으로 살랑거렸다.

그것들은 마치 뱀처럼 움직였는데,

그들이 장식했어야 했을

목, 손목, 손가락을 호출하지 않고

그들 자체로 자족하며

그 사치스러움의 절대성을 선언했다.

그들이 점점 가까이 다가오자,

나는 그들의 금속성 냉기를 느꼈다.

나는 거기서 차가운 눈의 향락을 길어냈고,

그 차가운 보물에 얼굴을 묻을 수 있기를 바랐다.

가장 놀라운 순간은

실제로 보석의 무게를 느낀 순간이었다.

소설의 주인공처럼 액체로 된 보석의 무게를 느껴보고 싶은 욕망 때문에 강력한 감정에 이끌리듯 와인 한 병을 땁니다. 브루노 파이야르 샴페인 하우스가 최상의 포도를 선별해 수확하고 작황이 좋을 때만 생산하는 빈티지 샴페인 중에서 아상블라주 2008 에디션은 특별한 와인입니다. 그것은 아트 레이블 때문입니다. 바로 방혜자 씨의 그림이 채택된 빈티지 샴페인입니다. 오래전부터 프랑스에서 활동해오던 이 작가의 존재를 처음 알게 된 것은 1980년대 《공간(Space)》이라는 건축예술잡지에서였습니다. 그는 평생 빛을 그린 화가였습니다. 생명의 원천이 되는 빛을 화면에 담고 싶어 했던 만큼 그림의 에너지가 샴페인의 레이블에 썩 잘 어울립니다.

순수성, 우아함, 복합성이라는 핵심가치를 표방한 브루노 파이야르의 샴페인은 단아하고 우아한 여인의 모습처럼 다가옵니다. 황금색을 띤 생동감이 섬세한 버블로 인해 금속성의 감각으로 자극합니다. 이 날카롭고 서늘한 감각은 화가의 그림을 처음 만났던 내 젊은 시절과 오버랩 되면서 추억을 환기해줍니다. 이제는 나도 제법 나이를 먹었지만 샴페인을 마시는 순간만큼은 아재나 할배가 되어서는 안 된다고 차가운 냉기가 충고합니다. 그리고 아몬드 풍미가 바디감을 주면서 시트러스로 마무리되는 정교하고 직선적인 와인입니다. 오늘은 이 와인이 충만한 기쁨을 주었습니다.

그러고 보니 여기 언급된 시인, 소설가, 화가는 모두 여성 예술가입니다. 확실히 여성들은 샴페인을 좋아하나 봅니다. 아름다운 여성의 마음을 사로잡으려면 샴페인은 필수요건이 됩니다. 여성들은 샴페인 앞에서는 꽃으로 활짝 피어나게 마련입니다. 마릴린 먼로가 샴페인 350병으로 목욕했다는 이야기가 전해지지요. 샴페인에 흠뻑 빠진 여성이 어디 마릴린 먼로뿐이겠습니까. 모든 여성들은 샴페인을 좋아합니다. 그러니 오늘은 아름다운 연인과 함께 분위기 좋은 화려한 곳에서 성찬을 앞에 놓고 샴페인을 즐기면서 드라마 같은 밤을 보내시기 바랍니다. 샴페인과 어울리는 음식은 전통적으로 캐비아를 추천합니다. 그런데 의외로 스시는 아주 훌륭한 짝이 됩니다. 고추냉이 간장 소스와 함께 곁들여서 먹을 때 완벽한 조화를 이룹니다.

언젠가 마릴린 먼로의 전신을 찍은 커다란 사진을 보다 깜짝 놀랐지요. 그 가녀린 몸 가운데 너무나 커다란 수술 자국이 아주 선명하게 남아 있는 거예요. 어느 봄밤 '하나비(花火)'같이 화사한 그녀의 비극적 삶은 아마도 그 수술 자국과 더불어 읽혀야 하지 않을까 생각했지요. 1954년 어느 날, 6·25의 상흔이 온 산하에 고스란히 남아 있는 이 땅에 찾아온 하얀 피부의 작은 천사 먼로도 이젠 이 땅에 없지요. 그녀를 사랑했던 디마지오나 케네디와 같은 그 숱한 남자들과 함께요.

보들레르는 "네 몽상을 지켜라! 바보보다도, 아름다운 꿈, 현명한 자는 가지지 못하리니"라고 노래하며, "지금은 취할 시간! ⋯⋯ 술이든, 詩든, 德이든, 무엇이든, 당신 마음대로"라 했지요. 그것은 그의 말마따나 시간은 "누구에게나 허락된 향락을, 1초마다 한 조각씩 집어삼키기" 때문이지요. 나는 다시 한번 로마의 큰 시인 호라티우스의 가르침대로 카르페 디엠(Carpe Diem), 오늘 이 순간을 즐겨야 할 의무가 우리 스스로의 짧은 인생에 대한 절실한 예의라 생각하지요.

로마 황제도 루이 14세도 부럽지 않다

아름다운 곳에서 맛있는 와인이 만들어진다

오늘의 와인

Tenuta Delle Terre Nere Etna Rosso FEUDO DI MEZZO 2006

　　어려운 시기를 보내고 있습니다. 코로나 바이러스가 세상을 바꾸고 있습니다. 지금 이 시대는 미증유의 세기적 대전환기를 맞이하고 있습니다. 세계 정치-경제-기술-생태가 공히 통합적으로 대전환을 겪는 경우는 역사에서 거의 처음 있는 일입니다. 이런 과정에서 이 시대는 혼란과 고통을 겪는 것이 불가피합니다. 이런 세기적 충격 때문에 모두가 어려움에 봉착했습니다. 봄과 여름 두 계절을 넘겼지만 여전히 앞이 잘 보이지 않습니다. 하지

　　　　　　　　　　　　　　　　와인 너머, 더 깊은

만 이 난관도 지혜롭게 헤쳐 나가야 합니다.

　오늘은 테누타 델레 테레 네레 에트나 로소 '페우도 디 메쪼' 2006이라는 긴 이름을 가진 와인을 열고 여유를 가져봅니다. 14년을 견뎌낸 이 와인은 벽돌색에 가까워지는 진화를 통해 지금 절정의 풍미를 다정다감하게 선사하는군요. 이름 그대로 검은 화산질 토양(Terre Nere, 검은 대지)의 거친 땅에서 생산된 와인을 상상할 수 없을 만큼 풍요롭고 윤택합니다. 블랙커런트, 스모키하고 스파이시한 신비감, 붉은 딸기의 여운과 무엇보다도 흙냄새가 농축되어 고급한 면모를 유감없이 보여줍니다. 베리류의 아로마로와 연한 색깔로 인해 피노누아를 연상케 하지만 그보다는 이탈리아 북부의 명품 와인 바롤로와 견주어도 손색이 없습니다. 남부의 바롤로라고 부를 수 있는 우아함과 복합미를 지녔습니다. 고령의 나무로부터 생산된 이 와인이 보여주는 붉은 베리 아로마와 허브 향에 흙이 농축된 풍미는 매우 우아한 스트럭처를 지니고 있습니다. 시칠리아의 영혼이 들어 있는 듯 역사의 맛이 납니다. 물론 바롤로의 네비올로가 아니라 이곳의 토착품종 네렐로 마스칼레제가 보여주는 재능으로 새로운 경지를 경험케 하는군요.

　이 와인은 『죽기 전에 꼭 마셔봐야 할 와인 1001』에 소개되어 더 유명해졌지만, 좀 더 특별한 캐릭터를 지녔다고 말할 수 있겠습니다. 와인 이름 테레 네레는 곧 에트나 화산 지대의 검은 대지 테루아를 상징합니다. 시칠리아는 화산섬이지만 와인의 땅입니다. 이곳은 이탈리아를 대표하는 와인 산지로 자리매김되어 있습니다.

　　시칠리아가 없는 이탈리아는
　　영혼에 아무런 이미지도 남기지 못한다.

　　일찍이 괴테가 찬미한 시칠리아는 매우 아름다운 섬입니다. 이곳 환경은 자연이 줄 수 있는 모든 선물을 받은 곳입니다. 선글라스 없이는 견딜 수 없는 강렬한 태양, 푸른 하늘과 바다, 식물의 초록빛과 그 향기들. 거기에다 태곳적 과거들이 현재와 함께 살아 있는 충만한 곳입니다. 그런 땅에서 생산된 와인은 무언가 특별함이 있을 것이라는 기대감을 이 와인은 분명히 충족시켜줍니다. '아름다운 곳에서 맛있는 와인이 만들어진다'는 말을 믿어도 될 듯합니다.

　　시칠리아는 열정을 인정하고
　　환상은 거부하는 섬이다.

　　몇 년 전 일본 규슈 지방을 여행했을 때 아소산 분화구를 들여다본 적이 있는데, 살아 있는 화산으로 가스와 연기를 분출하며 용암이 끓어오르는 분화구 주변의 환경

　　　　　　　　　　　　　　와인 너머, 더 깊은

은 매우 독특하고 충격적이면서도 깊은 인상을 심어주는 풍경이었습니다. 화산지대가 이런 곳이었구나! 처음 보는 그 광경은 놀라움 그 자체였습니다. 그리고 이내 이 와인을 떠올렸습니다. 에트나 로소 와인이 자라는 땅이 어떤 곳이라는 사실을 구체적으로 알고부터는 시칠리아 와인을 애정하지 않을 수 없게 되었습니다. 검은 대지의 아름다운 섬에서 생산된 '페우도 디 메쪼'가 보여주는 이토록 컴플렉서티함에 바탕을 둔 우아함과 신선함은 내 마음을 사로잡았습니다. 와인은 확실히 기다리는 자에게 기쁨을 준다는 사실을 다시 한번 깨닫게 됩니다. '기다려라 또 기다려라 그러면 보답하리라'고 이 와인은 말합니다. 저녁만찬으로 준비된 연어 스테이크와 기분 좋은 매칭을 이루었습니다. 사실 시칠리아 특산품으로는 다랑어가 유명합니다. 그들은 다랑어를 '바다의 돼지'라고 지칭하며 여러 가지 형태로 요리를 즐겼습니다. 다음에는 염장하거나 말린 다랑어를 구해서 이 와인과 함께 마리아주해보아야겠습니다. 아무튼 오늘밤만큼은 세상 그 누구도 부럽지 않습니다.

화산섬의 거칠고 비탈진 검은 토양을 이겨내고 우아하게 탄생한 이 와인처럼 세상이 아무리 힘들게 해도 우리는 세월을 거듭나는 존재가 되어야만 합니다.

로버트 파커 100점 와인

심오하고 복잡하고 아주 독특한 와인

오늘의 와인

Rene Rostaing Cote Rotie LA COTE BLONDE 2015
Rene Rostaing Cote Rotie LA LANDONNE 2015

이 완벽한 와인을 지금 마실 수는 없다.

깊은 잠에서 깨어날 때까지 기다려야 한다.

최소 5년은 더 잠들게 내버려두자.

가끔 셀러에 들어가서

그녀들의 잠꼬대를 듣는 것으로 만족하자.

로버트 파커의 '와인 애드버케이트'에서 2015 르네 로스탱 코트 로티 라 코트 블롱(Rene Rostaing Cote Rotie la Cote Blonde)이 100점을 획득했습니다. 파커 포인트 100점은 통상적으로 전설적인 와인으로 등극했다는 의미가 됩니다.

코트 블롱은 연간 생산량이 6,000병밖에 안 되는 로스탱의 최고 와인입니다. 더구나 만점을 획득하면 구하기도 무척 힘든데, 이 전설의 와인이 제 손에 들어왔습니다. 코트 블롱과 형제인 코트 로티 라 랑돈(연간 생산량 8,000병) 또한 99+점을 받았으니 역시 전설의 와인이 되겠습니다. 이런 와인은 그냥 만들어지는 게 아니라 와인 메이커들의 최고를 지향하는 열정과 사명감이 없다면 결코 이루어낼 수 없는 결과물입니다. 와인이라는 일상적 음료를 예술적 존재로 승화시키는 르네 로스탱 같은 와인 메이커는 '포도밭과 빈티지 그리고 품종을 가지고 인간의 능력이 허용하는 범위 내에서 가장 자연스럽고 비타협적이며 인위적으로 치장하지 않은 와인을 만들어'낼 줄 압니다.

코트 블롱은 1999년과 2003년도에 100점을 받은 전력이 있습니다. 그리고 로티 라 랑돈의 이번 점수 획득은 1999년 98점을 넘어 최고점을 기록한 것입니다. 와인 애드버케이트에 소개된 2015년 빈티지에 대한 파커의 시음 소감은 이 와인들에 기대감을 높이기에 충분합니다.

코트 로티 라 코트 블롱 2015: 100점

아로마 향과 꽃 향이 그 속을 알 수 없는

깊이와 풍부함으로 조화를 이루면서

우아함을 표방한다.

여기에 놀랍도록 깔끔한 산딸기 향도 있다.

멋지고 부드럽게 피니시가 길다.

시음 적기는 2020~2045년

코트 로티 라 랑돈 2015: 99+점

내가 라 랑돈에 99+점을 주는 것에

어찌 인색할 수 있겠는가.

이건 엄청난 와인이다.

어마어마한 풍부함으로 힘을 보여주면서도

그 어떤 분명한 무게감도 없는 파워를 가졌다.

다양한 향에 의해서 강조되는 물결치는 미각의

라즈베리 향이 흘러넘치며 강조된다.

이 와인의 강렬한 타닉함은

여전히 그 어떤 하드함이나 톡 쏘는 맛이나 숨 막히는

완고함이 결코 없다.

시음 적기는 2023~2045년.

로버트 파커는 현재 가장 영향력 있는 와인 평론가입니다. 파커는 1970년대 중반부터 100점 만점의 와인 평가 시스템을 사용해왔습니다. 파커 이전까지는 와인을 평가

할 때 20점 만점 시스템이 주로 사용되었습니다. 현재는 거의 모든 출판물들이 파커의 100점 채점 방식을 쓰기 때문에 당연한 것처럼 보이지만, 당시에는 매우 독특한 시스템이었습니다. 파커의 이 정교한 채점 시스템은 그가 발행한 《와인 애드버케이트》를 업계에서 주목받게 하는 중요한 역할을 수행했다고 생각됩니다. 100점 와인이란 곧 완벽한 와인을 일컫는 것으로 심오하고 복잡하고 아주 독특한 와인으로 클래식 와인이 갖고 있는 모든 특성을 지니고 있어야 가능합니다. 파커 자신은 100점 와인에 대해 이렇게 말했습니다.

> 100점 와인을 만나는 것은 신비의 순간입니다.
> 그와 같은 와인을 만나면 여러분은 완전히 감동합니다.
> 100점 와인을 마시는 것은 충격적인 경험인데,
> 그런 와인을 만나는 순간 바로 알아볼 수 있습니다.
> 사실상 제가 100점을 준 모든 와인은
> 향을 맡았을 때 바로 알 수 있었습니다.
> 그 순간 나는 제발 향만큼 맛도 좋기를 기도합니다.

파커의 점수 평가 때문에 이제는 점수가 와인을 마케팅하는 보편적인 방법이 되었습니다. 와인 생산자는 점수를 이용해 수입업자에게 어필하고, 수입업자는 도매상들에게 와인을 사들이도록 설득합니다. 또한 도매상은 점수를 이용해 소매상에게 와인을 팔고, 소매상들은 점수를 가게에 붙여 놓음으로써 고객들의 구매를 유도합니다. 소비자는 또한 점수로 인해 초대된 손님들에게 좋은 인상과 대접을 잘 받았다는 만족감을 심어줄 수 있게 됩니다. 파커가 좋아하는 스타일은 완숙한 과일의 맛과 부드러운 타닌과 새 오크의 풍미가 느껴지는 와인이었습니다. 세계의 모든 포도원에서는 이런 맛이 나는 와인 양조를 도와줄 양조 컨설턴트를 고용하기에 이릅니다. 여러 곳에서 러브콜을 받은 사람은 바로 미셸 롤랑이었습니다. 이처럼 파커는 하나의 맛, 하나의 시스템, 하나의 세계로 와인 업계를 단순하게 정리한 최초의 인물입니다. 이로써 파커는 사람들 사이에서 늘 화제의 중심이 되었습니다. 어떤 샤토 소유주는 추수기의 날씨보다 파커의 점수가 와인에 더 중요하다고 말하기까지 했으니 그의 영향력을 짐작해볼 수 있습니다.

그렇다면 파커의 와인 평가 기준은 보편적인 것일까요? 이에 대한 논란으로 유명한 사건은 잰시스 로빈슨과 설전을 벌인 샤토 파비 논쟁입니다. 보르도 와인산지 생테밀리옹 샤토 파비(Saint-Emilion Chateau Pavie) 2003년 빈티지를 두고 로빈슨은 이렇게 혹평했습니다.

과숙된 과일 아로마가 식욕을 완전히 떨어뜨린다.
주범은 포트와인을 연상시키는 단맛이다.
포트와인은 도우루(Douro)에서 잘 만들고 있는데

굳이 생테밀리옹에서까지 이런 와인을 만들 이유가 있을까? 그야말로 형편없다.

거기에 불쾌한 풋내 때문에 보르도산 레드와인 보다는 늦게 수확한 진판델이 연상된다.

로빈슨이 샤토 파비에 준 평점은 20점 만점에 12점이었습니다. 낙제 점수를 겨우 면한 수준의 점수를 준 것입니다. 같은 와인에 파커는 100점 만점에 96점을 주고 로빈슨과는 달리 아주 긴 평을 남겼습니다.

샤토 파비에서 다시 한번 엄청난 와인을 내놓았다.
메를로 70퍼센트, 카베르네 프랑 20퍼센트,
카베르네 소비뇽 10퍼센트의 블렌딩으로 빚어낸
절묘한 풍성함, 미네랄 풍미, 섬세한 묘사,
고급스러움이 감탄스럽다.
생테밀리옹 지역에서도 훌륭한 테루아를 자랑하는
샤토 파비의 석회질과 점토질 토양은
2003년의 폭염을 다뤄내기에 완벽했다.
진하고 불투명한 보랏빛 와인에서는 훈연 향과 더불어
미네랄, 검붉은 과일, 발사믹 식초, 감초 등의
도발적인 아로마가 느껴진다.
입안을 감싸는 풍부함 속에서는
눈이 번쩍 뜨이는 신선함과 또렷함도 함께 느껴진다.
뒷맛은 타닌 느낌이 돌지만,

산미가 낮고 알코올 도수가 높은 편(13.5도)이므로
4~5년 후부터 음용에 적당해질 것이고,
숙성을 고려했을 때 마시기 좋은 시기는
2011~2040년일 것이다.
샤토 파비는 샤토 오존, 샤토 페트뤼스와 더불어
2003년 지롱드강 우안 지역이 내놓은
매우 훌륭한 작품 중 하나다.

두 명이 같은 와인을 마신 게 맞는지 의심스러울 정도의 상반된 평가는 와인 업계에서 유명한 이슈가 되었고, 샤토 파비의 와인이 품절되는 사태를 몰고 왔습니다. 결국 이 사건은 사람들 마다 와인 스타일과 취향이 극명하게 갈릴 수 있음을 보여주는 사례로 어떻게 보면 특정한 하나의 와인에 대한 논쟁이라기보다는 와인을 만드는 방식에 대한 논쟁이라고 정리할 수 있겠습니다. 하지만 파커의 명성과 그의 위치는 오랫동안 더 지속할 듯합니다.

예술은 위반이다

토파즈 빛으로 튀는 향기

오늘의 와인

Cremant de Bourgogne, Blanc de Blancs Brut,
LOU DUMONT

장정일의 『이스트를 넣은 빵』을 읽고 있자니 빵틀에서 갓 나온 이스트 냄새가 피어오르는 빵이 그리워지면서이 빵 냄새는 기존 질서에 저항할 줄 알았던 1980년대의 문학풍토를 기억으로부터 소환합니다. 그때는 문학이 잘 발효된 빵처럼 마음껏 부풀어 오를 줄 알았던 시대였음을이제야 알겠습니다. 문학에게 사회적 책무를 떠넘겨도 될만큼 영광과 설득력을 가졌던 그 시대 말입니다. 문학의 위상이 이스트를 넣지 못하고 구워진 빵처럼 존재가 쪼그라든 지금의 모습은 안쓰럽습니다. 마광수 교수의 『즐거운 사라』(1993)와 장정일 씨의 『내게 거짓말을 해봐』(1997)로 필화사건이 터졌을 때, 문학인 또는 예술가들이 동업자 정신으로 적절한 대처를 하지 못한 그 옹졸함이 이런 결과를 낳게 한 근원은 아니었을까? 공연히 질문해봅니다.

　　문학이 사회적 불평등과 부도덕에 대해
　　강력하게 항의했고
　　문학 스스로 사회적 책임을 극대화했던 80년대에,
　　권력자들은 '사회 안정'이라는 구실로
　　'문학의 사회적 책임'을 억눌렀습니다.
　　그런 자들이 '문학의 사회적 책임'을 언급하는 것은
　　무안스러운 일입니다.

　　장정일은 옳았습니다. 장정일이 『즐거운 사라』를 온몸으로 변호했을 때, 무슨 이유로 문학인 또는 예술인들이 한목소리로 방어하지 못하고 작품성을 운운하며 물러섰는지. 아쉬운 마음으로 이틀 내내 이 책을 읽었습니다.

　　문제아 마광수와 장정일이 표면에서 사라지고 문학의 바다는 잔잔해졌습니다. 파도가 사라진 바다는 매력이 없습니다. 그 바다에서는 빵이 부풀어 오를 수 없습니다. 이스트 냄새 없는 빵으로 누구를 유혹할 수 있겠습니까?

우리는 이 비이성적 인간의 욕망들과 함께하는
혼돈 속에서
스스로가 '가치'를 만들어내야 한다.
우리만의 의미를 창조하라.
혼돈과 갈등은 우리를 기다려주지 않는다.

지그문트 바우만의 이 언술처럼 그때 스스로 가치를 만들지 못했던 문학은 힘을 잃어버렸습니다. 마광수가, 장정일이 그 당시 문학과 사회의 이스트였음을 이제야 알겠습니다. 그들을 처형시킨 문학판은 이제 어떤 신념도 드러낼 기미가 보이지 않습니다. 모든 형식의 예술은 일종의 저항과 위반이라고 믿습니다. 일찍이 김현 선생은 바타유가 쓰는 의미로 위반이 많아져야 글이 깊어진다고 했습니다. 또한 이어령 선생의 견해도 이와 같습니다.

모든 살아 있는 문화는 본질적으로 불온한 것이다.
문화의 본질이 꿈을 추구하는 것이고
불가능을 추구하는 것이기 때문이다.

그런 이유로

예술은 본성상 위반행위이고,

예술가는 그 때문에 처벌받을 것을 감수해야 한다.
　　―『작가의 신념』

　　미국의 작가 조이스 캐롤 오츠가 말한 것처럼 이런 신념 때문에 장정일은 처벌도 수긍하며 받아들였던 게 아니었을까요? 작금의 문학판이 지나치게 스틸합니다. 이는 견고함을 의미하는 게 아니라 활력 없음을 지적하는 말입니다. 좀 스파클링해지면 안 될까요? 매력적인 이스트 냄새를 풍기면서 솟구쳐 오르는 스파클링 와인처럼 문학판에 신선한 충격을 가져다줄 천재의 등장을 기다리면서 와인을 준비했습니다.

　　부르고뉴라는 이름엔 식사시간을 알리는 종소리와 같은 울림이 있다고 세계적인 와인 평론가 잰시스 로빈슨은 말합니다. 부르고뉴의 높은 명성과 경제적 풍요는 모두 와인에서 얻어진 것입니다. 그곳은 곧 와인의 땅이며, 와인 애호가들의 워너비입니다. 부르고뉴 와인을 마신다는 것은 언제나 특별한 일입니다. 이들 와인은 곧바로 감동과 호기심을 불러와서 열광적인 애호가를 양산해냅니다. 그리고 그들은 말합니다. 일생을 부르고뉴 와인만 마시더라도 싫증 나지 않을 거라고.

　　그런 와인의 성지에서 와인을 만드는 동양인 부부가 있습니다. 일본인 나카타 고지와 한국인 박재화 씨가 바로 그들입니다. 루 뒤몽(LOU DUMONT)은 그들의 도멘 이름인데 2000년부터 네고시앙(포도밭을 소유하지 않고 구입한 포도로 와인을 만드는 양조자) 와인으로 출발했습니다. 부르고뉴에서 네고시앙 와인을 만든다는 것은 말처럼 쉽게 이루어지는 것이 아닙니다. 보르도는 비즈니스 방식으로 접근하여 샤토를 사들인다면 얼마든지 와인을 만들 수 있지만, 부르고뉴 지역은 그런 접근 자체가 거의 불가능한 곳입니다. 그 지역 농가와 깊은 신뢰 관계와 포도를 보는 심미안이 없으면 절대로 와인을 만들어낼 수 없는 곳이 바로 부르고뉴입니다. 그런 곳에서 터를 잡고 지금까지 와인을 만들어오는 이들 부부는 실로 대단한 사람들이라고밖에 달리 설명할 방법이 없을 듯합니다. 주브레 샹베르탱 마을에 거주하면서 와인을 만들고 있는 그들은 상업적으로도 성공을 거두어 지금은 와이너리까지 구입하여 직접 포도농사도 짓는 어엿한 도멘의 면모를 갖추어가고 있습니다. 루 뒤몽은 요즘 20여 종에 가까운 와인을 생산합니다. 주로 마을 단위나 지방 단위 와인을 만들지만 샤름 샹베르탱 같은 그랑 크뤼 와인도 선보이고 있습니다. 한국, 일본은 물론이고 홍콩, 대만, 중국, 싱가폴 등지에 인기를 얻어 활발하게 수출하고 있으며 그 기반으로 매년 성장을 이루어 지금은 미국, 캐나다, 아일랜드, 벨기에, 덴마크, 스웨덴, 노르웨이 등 여러 지역에 수출하고 있습니다. 또한 프랑스 내에서도 미슐랭 스타 레스토랑과 와인 샵에서 판매가 점차 늘어났다고 합니다.

오늘은 이들 부부가 만드는 크레망(스파클링)으로 하루 일과를 마무리합니다. 상큼한 레몬을 뿌린 농어회를 이 스파클링 와인과 함께 준비했습니다. 농어 육질의 부드러움과 살짝 도는 단맛이 이 와인에 감칠맛을 더해줍니다. 이 와인은 맛이 부드럽고 풍미가 있고 향기롭습니다. 식사용으로 마시기에는 최고의 스파클링으로 결코 진부한 와인이 아닙니다. 끊임없이 잔에서는 '토파즈 빛으로 향기가 튑'니다.

와인 너머, 더 깊은

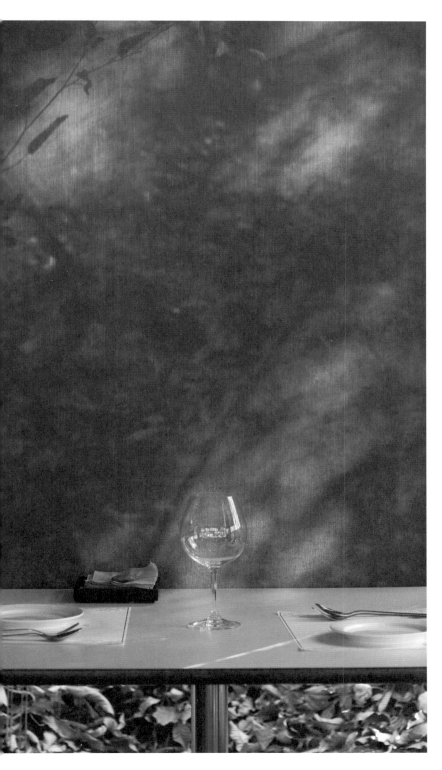

스포츠적인 메타포로
예술을 탐구한 작가, 매슈 바니

몸에 대한 새로운 탐구

오늘의 와인

Pasqua, DESIRE LUSH & ZIN PRIMITIVO Puglia 2019

현대미술은 누구에게나 이해하기 어려운 문제입니다. 그럼에도 제가 현대미술에 늘 관심과 흥미를 느끼는 이유는, 데미안 허스트가 말했듯 미술이 "항상 극단적인 것에 관심을 두기" 때문입니다. 미술만큼 극단으로 밀고 가면서 새로움을 추구하는 예술도 없을 것입니다. 늘 새로움을 향해서 깨어 있어야 한다는 것은 기술만으로 만든 작품의 공허함을 넘어서는 가치를 지니는 의미를 획득합니다. 기술습득은 물론 어려운 것이지만 그렇다 하더라도 새로운 구상을 하는 데 비하면 이미 정해진 목표를 향해 나아가면 되니까 근본적으로는 쉬울 수밖에 없습니다. 현대미술은 이제 근대의 모든 방법론을 넘어 서로 다른 이질적인 분야(사회학, 인류학, 언어학, 영화 및 대중문화)와 결합하면서 복잡한 양상을 보여주고 있습니다. 이런 현대미술의 복잡한 흐름 속에서 예술가들이 작품 생산에서 자신의 몸을 사용한 몇몇 방식을 통해 스포츠와 관련된 작가를 찾아보려 합니다.

몸은 금세기의 새로운 예술 매체다.

마사 윌슨이 이미 선언했습니다. 자신의 몸을 이용해 작품을 생산하는 방식은 전통적인 미술 도구 이를테면 물감, 붓, 액자, 끌, 대리석 따위를 쓰지 않은 '예술의 탈물질화'라는 맥락에서 읽혀져야 합니다. 따라서 작가들은 예술 그 자체가 되고자 했으며, 그런 이유에서 퍼포먼스가 끝나야만 기록적인 증거물(사진, 기사, 필름 등)만 남을 수 있습니다. 물질로서의 작품이 가시적으로 존재하지 않는 예술의 탈물질화의 방식은 상품화된 미술시장의 반동으로 예술품의 신성함을 보존하는 역할을 담당해왔습니다.

몸에 대한 새로운 탐구 영역으로 활동하는 작가들은 많습니다. 이름만 나열해본다면 마리나 아브라모비치, 스

169

튜어트 브리즐리, 빌 비올라, 밥 플래너건, 제임스 루나, 조 스펜스, 모리무라 야스마사, 구보타 시케코, 엘렌 채드윅, 키스 파이퍼, 스텔라크, 오를랑 등입니다. 이들 중에서도 매슈 바니(Matthew Barney)는 프로 풋볼 선수가 되고자 했던 아티스트입니다. 그는 고등학교 시절 풋볼팀의 쿼터백이었습니다. 하지만 예일대학교에서 미술에 관심을 두고 예술학부에서 공부했습니다. 3, 4학년 때 그는 비디오와 퍼포먼스 아트를 실험하기 시작했는데 운동선수로서의 경험을 이용해서 '구속의 드로잉'이라는 연작을 선보였습니다. 이 작품은 스스로 밧줄로 묶어서 묶인 밧줄에 저항하며 경사로를 올라가 벽에 무언가를 그리는 것이었습니다.

운동선수로서 제 경험을 이용하려 했던 거죠.
훈련할 때 신체 기능을 생각하면서요.
압박이 가해지는 상황에서 근육이 허물어졌다가
더 커지고 강해지면서
그 저항 과정을 이용해 형태를 창조하는 작품입니다.

이 연작은 포도당에서 자당으로, 바셀린, 타피오카(열대과일에서 얻은 전분), 머랭(달걀 흰자위와 설탕을 섞어 구운 과자), 그런 다음 복합 탄수화물인 파운드케이크로 변하는 소화 과정에 관계된 생리변화를 묘사하고 있습니다. 이는 다분히 스포츠적인 아트를 보여준다는 점에서 독특합니다. 그는 스포츠 훈련장에서 다양한 쓰임새를 지닌 바셀린을 미술 재료로 쓰는 예술가입니다. 바셀린과 타피오카 그리고 운동기구로 미술작품을 만드는 작가는 바니 말고는 찾아보기 어렵습니다. 강렬한 육체적 능력을 요구하는 바니의 퍼포먼스와 스포츠 메타포, 의료기구 그리고 기이한 재료를 기묘하게 섞은 그의 작품세계는 과히 충격적입니다. 바니의 야심작이라고 할 수 있는 '크리매스터(Cremaster)' 연작은 제목부터 충격입니다. 크리매스터는 고환의 수축을 조절하는 남성의 근육을 일컫는 말입니다. 크리매스터 연작은 다량의 왁스와 바셀린으로 이루어진 프로젝트입니다. 바니는 결국 자신의 미술에서 주인공입니다. 그리고 그는 자신을 마모시키면서 자신이 맡은 역할을 연기한 작가입니다. 또한 그 자신의 몸이 작품의 도구였습니다.

진정한 예술가는
자신에게 주어진 재료와 조건에 좌우되지 않으며,
자신의 조형 의지를 표현할 수 있는 한
어떠한 조건도 받아들인다.
— 허버트 리드

이런 관점에서 바니가 그의 작품에서 보여준 스포츠적인 메타포는 아주 특이하고 신선합니다.

삶에는 반드시 아름다움이 필요합니다. 즐거운 삶이든 잘사는 삶이든 아름다움을 경험하지 못한다면, 그 삶은 행복이나 만족감을 느낄 수 없는 지리멸렬한 일상이 될지도 모릅니다. 인간의 몸도 그 아름다움의 대상에서 제외될 수는 없습니다. 대부분 사람들은 인간의 몸에 매혹됩니다. 인간의 몸이야말로 아름다움의 극치를 보이기 때문입니다. 예술가들만 사람의 몸에 주목하는 것이 아닌 까닭이기도 합니다. 자신의 몸을 도구 삼아 아름답게 표현하려는 욕구의 한 방법으로 등장한 타투(Tattoo)는 이제 하나의 패션, 예술, 신념이라는 개념을 장착하고 특별한 문화로 등장했습니다. 젊은이들을 중심으로 번지는 타투는 확실히 자신을 표현하는 하나의 문화 아이콘이 되었습니다.

이탈리아 남부 풀리아 지역에서 온 오늘의 와인은 그런 관점에서 흥미롭습니다. 젊은 여성의 드러난 상반신은 문신으로 가득 차 도발적인 매력을 보여줍니다. 생산자 파스쿠아는 와인 이름에 아예 넘치는 욕망의 여인임을 표방하고 있습니다. 미국 캘리포니아에서 가장 많이 재배되는 진판델을 이탈리아에서는 프리미티보라고 합니다. 특히 풀리아 지방에서 가장 중요하게 재배하는 적포도 품종입니다. 머리를 붉게 물들이고 앉아 있는 저 여인의 품성이 프리미티보 와인에 그대로 드러납니다. 농염하고 타닌이 부드럽고 산도는 낮은 편이어서 프리미티보 여인은 생

와인 너머, 더 깊은

각보다 도드라지는 성격이 아닐 듯합니다. 걸크러쉬 같은 이미지를 풍기지만 포용력을 갖춘 여인임이 틀림없습니다. 블랙 베리, 민트, 커피 향으로 자신을 드러내면서 약간 단맛을 풍기는 매력으로 향기로운 와인입니다. 프리미티보 여인이 좋아하는 음식은 물소젖 모차렐라 샐러드, 팬에 구운 살사 베르데 소스를 곁들인 포르치니 버섯, 연어 소이 파스타일 것 같은 느낌이 듭니다. 이런 음식을 가득 차려놓고 만찬을 즐긴다면 행복하지 않을까요.

마라톤을 왜 하는가?

달리기의 어려움이 달리기의 가치이다

BAREFOOT Bubbly Pink Moscato

올해로 달리기를 시작한 지 20년째가 되었습니다. 저의 취미 중에서 버릴 수 없는 것을 고르라면 나는 단연코 이 달리기를 선택할 것입니다. 달리기는 이제 삶의 일부분이며 때로는 삶의 균형을 유지하고 회복하는 데 중요한 요소로 작용하면서 언제나 인생의 새로운 가능성을 열어주는 역할을 합니다. 내 삶이 하나의 시스템으로 존재한다고 가정하고 여기에서 달리기라는 옵션을 빼버리면 그 시스템은 그냥 무너져버릴 것입니다.

와인 너머, 더 깊은

사람들은 달리는 내게 말합니다. 달리기는 건강을 해칠 거라고 차라리 걷는 게 낫지 않겠느냐고? 하지만 건강만을 위해서라면 이 세상에서 하지 말아야 하는 일이 너무도 많습니다. 이를테면 술도 적당히 마셔야 하고 일도 과도하게 해서는 안 될 것이고 친구도 적절히 사귈 것이며 산해진미가 있어도 위장의 팔 할 정도만 차지하도록 먹어야겠지요. 뭐 이것뿐이 아닙니다.

우리 욕망의 모든 것들 돈, 지위, 명예, 주거, 섹스 등 그 한계를 규정짓기 어려운 우리의 일상사들이 사실은 모두 자기규제의 대상이지요. 달리 말하자면 마라톤만이 일정한 양식을 정해놓고 그 규정을 지켜야 하는 게 아니지 않느냐는 것입니다. 이러한 세속적 요구에다 달리기를 비교할 필요는 없지만 무라카미 하루키의 말을 인용할 수밖에 없군요.

우리는 결코 장수하기 위해 달리는 게 아니다.
설령 짧게밖에 살 수 없다고 하더라도
그 짧은 인생을 어떻게든 완전히 집중해서 살기 위해
달리는 것이다.

이 간단한 문장 하나면 사람들의 우문에 대한 답변으로 충분할 듯합니다. 결국 러너의 목표는 건강이라고 한정할 수 없습니다. 최상의 능력을 발휘할 수 있도록 자신의 몸과 내면을 단련하는 것입니다. 내가 달리기를 사랑하는 것은 달리기를 통해 영혼이 정화되는 느낌을 얻기 때문입니다. 그리고 정직하게 고통을 받아들이는 법을 배울 수 있기 때문입니다. 내 몸의 수천만 개 세포 하나하나에 고통의 DNA를 되살려내고 또 그것을 확인하면서 달리는 게 언제나 즐겁습니다.

> 달리는 행위의 가장 위대한 가능성은
> 우리를 궁극적으로 깨어 있음으로
> 이끈다는 사실에 있다.
> 사회적 인습과 전통적 권위의 하찮음을 일깨우고,
> 우리의 자유와 책임, 그리고 피할 수 없는 죽음을
> 우리에게 일깨운다.
> 그것은 삶의 부조리에 용감히 맞설 기회와
> 의식적인 선택을 통하여
> 우리들 내면의 자유를 표현할 기회 또한 만들어낸다.
> 우리가 그것을 세상에 존재하는 하나의 방식으로
> 선택해야 한다.
> ─『마라톤은 철학이다』

이쯤 되면 '마라톤을 하더라도 숨이 차지 않을 정도로 천천히 달리라'고 권유하는 어쭙잖은 외과 의사들의 주장이나 '중년의 마라토너, 사실은 위기의 남자'(달리기를 하다가 심장마비를 일으킬 수 있다는 기사 내용)라고 자극적으로 표현하는 매체의 헤드라인 같은 것은 쓰레기통에 버려도 될

와인 너머, 더 깊은

듯합니다.

그리고 우리는 달립니다. 마지막 1킬로미터를 남기고 달리기를 마치고 싶지만 아무도 그렇게 하지 않습니다. 언제나 남김없이 달리고 난 뒤에 오는 기쁨을 즐겁게 누릴 줄을 압니다. 이를 두고 크리스 캘리는 말합니다.

달리는 즐거움이 고통을 넘어서기 때문이다.

달리기의 어려움이 달리기란 가치의 일부를 이룬다.

달리기에 대한 이런 정의에 러너라면 공감할 수밖에 없습니다. 유명한 산악인 라인홀트 메스너가 에베레스트를 최초로 등반했던 당시의 경험은 우리에게 도전의 의미를 일깨워줍니다.

낭가파르트에서의 그런 시련을 겪은 후에
나는 더 강해졌다.
이제 어떠한 위험이 다가오더라도 정면으로 맞서서,
그 위험을 기꺼이 감수하거나 저항할 각오가 돼 있었다.
또 지금 내가 맞서는 모든 모험 하나하나는,
그 성공 여부에 관계없이
내 운명과 내 삶의 보이지 않는 일부분이 됐다.

이처럼 새로운 세계를 향한 도전은 육체적 도전인 동시에 정신적 도전입니다. 인간은 도전을 통해서 성장을 거듭합니다. 그런 의미에서 우리 일상의 삶에서 마라톤은 훌륭한 도전의 대상이 됩니다. 설령 달리기를 통해 얻는 것이 아무것도 없다 하더라도 그것에서 우리의 열정을 발견할 수 있습니다. 그리고 그 열정은 언제나 자신의 한계를 뛰어넘기 위한 기재로 작용합니다.

땀을 많이 흘린 달리기가 끝나면 시원한 와인 한 잔이 필요합니다. 베어 풋 모스카토 와인은 대중적으로 판매되는 스윗한 데일리 와인입니다. 달콤한 스파클링 와인이라면 전문가들은 무시하는 경향이 있지만, 이탈리아 피에몬테 출신의 모스카토 다스티라면 때때로 놀랍도록 복합적인 과일향의 모스카토를 만날 수도 있습니다. 하지만 베어풋 모스카토는 캘리포니아에서 생산된 것입니다. 맨발의 발바닥무늬가 그려진 레이블은 맨발의 러너가 지금 막 달려간 듯 발자국이 선명하게 보입니다. 그래서 달리고 싶은 열정을 불러일으킵니다. 이 와인 레이블에 뚜렷한 맨발의 족적을 남기고 달려간 자는 누구일까? 맨발의 테드인가? 릭인가? 아니면 캔 밥인가?

나의 달리기는 10년 전 『본 투 런』이라는 책을 읽은 후부터 모든 것이 바뀌었습니다. 이 책은 맨발 달리기가 재발견된 계기로 작용한 이제는 전설이 되어버린 울트라마라톤 텍스트입니다. 맨발 달리기는 켄 밥이 다져놓은 토대에 『본 투 런』에 등장하는 맨발 럭과 맨발의 테드에 의해 러너들의 관심이 집중되었습니다. 그리고 이 책은 지금 내가 착용하는 미니멀 신발 비브람(일명 발가락 신발)의 인기를 불러왔습니다. 물론 나도 그 영향을 받은 한 사람입니다. 그리고 그 후로부터 나는 쿠션 기능이 조금이라도 있는 기존 러닝화를 달리기 중에는 한 번도 신은 적이 없습니다.

무엇이 달라졌을까요? 모든 것이 바뀌었지만 가장 중요한 부분은 자세가 바뀌어 발뒤꿈치부터 지면을 찍고 다음에 발가락이 닿는 방식(뒷발 착지)이 사라졌다는 사실입니다. 그래서 '가볍고 빠른 가젤 같은 느낌'으로 달릴 수 있게 되었습니다. 맨발 달리기를 시작하자 (맨발 달리기의 주창자 켄 밥은 나처럼 미니멀 신발을 신고 달리는 사람들을 가짜 맨발의 러너라고 지칭하지만) 곳곳에서 느껴졌던 통증이 사라졌습니다. 그러자 전에는 존재를 드러내지 않던 근육들이 느껴졌습니다. 지긋지긋했던 그 부상의 역사는 말하고 싶지 않습니다. 그런 무릎 부상으로도 달리기를 포기하지 않았던 나 자신이 가상하다는 생각이 새삼스럽기도 합니다.

맨발 달리기의 핵심은 착지입니다. 앞발 착지!

그렇습니다. 맨발 달리기가 중요한 이유는 이 앞발 착

지에 있습니다. 앞발 착지는 달리기의 모든 것을 바꾸어 놓습니다. 앞발 착지는 맨발 달리기를 하면 저절로 습득되는 방식으로 이는 착지할 때 무릎을 구부리게 해주는 동작을 수반합니다. 그러나 뒷발 착지는 무릎을 곧게 펴지게 합니다. 그래서 중요한 포인트는 착지할 때 구부려지는 무릎입니다. 무릎을 구부리지 않으면 발꿈치에 충격이 가해집니다. 이 동작이 반복되면 발바닥과 무릎, 종아리 근육 등에 부상이 발생합니다. 무릎을 구부린다는 것은 충격이 다리 전체에 흡수된다는 의미입니다. 그것은 구부러진 다리가 스프링 역할을 함으로써 가능해집니다. 그래서 구부러진 무릎부터 발까지의 움직임이 가장 중요합니다. 종아리의 긴장을 풀고 앞 축부터 바닥에 내려놓으면 전체가 바닥과 접촉하면서 무게가 골고루 분산되어 더 넓은 면적과 닿습니다. 켄 밥은 언제나 이렇게 조언할 것입니다.

더 구부려라.
언제나 무릎을 더 구부려야 한다.

달리기에 입문한 지 20년이 되었다

몸속에 갇혀 있는 신의 불꽃

오늘의 와인

NIEPOORT 10 Years Old Tawny Porto

봄날 나무를 마주하고 꿈꾸지 않을 자,
누구인가?
유혹처럼 다가오는 조용한 개화를 느끼지 않을 자,
또한 누구인가?
—자크 브로스

처음 달리기를 시작했던 1998년 이른 봄날이 떠오릅
니다. 그날은 참으로 위대했던 오후였습니다. 나 자신에게 마라톤의 잠재된 욕망이 있다는 것을 〈아이다호〉라는 영화를 보다가 발견했습니다. 로드무비의 한 유형인 이 영화가 보여준 곧게 뻗은 길들에 마음을 빼앗겼습니다. 주인공에게 기면발작 증세가 나타나면 화면은 세피아 빛으로 바뀌면서 그가 고향으로 회귀하는 길들이 나타납니다. 나는 그 길을 달려 무한질주로 지평선을 통과하고 싶었습니다. 그러나 나를 길 위에서 실제로 뛰게 한 사람은 무라카미 하루키였습니다. 달리기에 관한 그의 문장은 하나의 유혹이었습니다. 그리고 1킬로미터 남짓 달리기로 그쳤던 그 첫날의 처참했던 러닝이 이렇게 20년 동안 지속하리라고는 나 자신조차도 상상할 수 없었습니다. 모든 일에 빨리 싫증 내고 또다시 새로운 것을 찾아 나서기를 좋아하는 내 성격에 비하면 그동안 달리기를 20년간 지속해왔다는 것은 특별한 사건입니다. 아마도 달릴 수 있을 때까지 마라톤을 포기할 것 같지는 않아 보입니다. 왜 달리느냐고 묻는다면 그것은 육체를 단련함으로써 영혼이 정화되는 느낌을 얻기 때문이라고 말할 수 있습니다. 미셸 투르니에는 말했습니다.

영혼은 살아 있는 동안 몸속에 갇혀 있는
신의 불꽃이다.

달리는 동안 러너는 이 신의 불꽃이 마음과 육체 속에서 찬란하게 폭발하는 것을 느낄 수 있습니다. 이는 영혼

187

이 구체적인 삶 속으로 편입되기 위해 작동하는 하나의 방식일지도 모르겠습니다. 일상의 삶 속에서 조잡한 욕구와 번잡한 생각으로 가득 차 있는 육체를 그 불꽃의 폭발로 깨끗하게 정화하는 것입니다. 이것은 육체와 정신이 건강하게 길들여지는 어떤 원리가 아닐까요. 그래서 러너는 언제나 새로운 육체를 가지고 다시 살아납니다.

> 운동을 하면 신체적인 노력과 관계있는
> '자기 자신'에 대한 개념이 확고해진다.
> 우리는 달리고, 페달을 돌리고, 역기를 들어 올리는
> 자신을 바라보고,
> 몸이 단단해지고 한계를 뛰어넘는 모습을 확인하면서
> '나'라는 존재에 대해 더 확신을 갖고 추측할 수 있다.
> 다시 말해 자부심이란 존재와 관련해
> 한층 강렬한 인상을 받을 때 느끼는 즐거움이다.
> 더욱 선명하고 정교하게 그린 자화상을 보는 기분이다.
> ─『지적으로 운동하는 법』

그렇습니다. 나는 20년 동안 꾸준히 오래달리기를 즐겨왔으니 내 존재에 대한 어떤 인상을 남겼다고 생각합니다. 또한 비교적 일관된 삶을 살아왔다고 말할 수 있겠습니다. 마라톤이 나에게 준 선물은 어떤 어려움 속에서도 쉽게 흔들리지 않고 삶을 지속할 수 있는 확신을 주었다는 자각입니다. 이만하면 운동이 내 인생을 바꾸고 결정

한 게 아닐까요.

어제는 울트라마라톤 100킬로미터를 완주했습니다. 울트라마라톤은 다소 먼 거리를 달리는 경기입니다. 42.195킬로미터를 넘어 인간이 상상할 수 있는 거리까지 달리는 행위를 울트라마라톤이라고 정의합니다. 우리나라에서 울트라 대회는 보통 100킬로미터가 주종을 이루고 있습니다. 어느 날 100킬로미터를 달리기로 마음먹었습니다. 이런 느닷없는 생각은 어떤 정당성도 필요 없는 단순한 결정이었습니다. 삶 자체가 너무 급박하게 돌아가고 시간은 허무하리만큼 노년으로 세월을 끌어당길 때, 무엇에든 도전하지 않으면 무위로 끝날 것 같은 인생이었습니다. 불가능해 보이는 것에 매료되어 그것을 가능으로 바꾼다면, 내 삶의 지평에 폭과 깊이를 제공할 수 있을 것 같았습니다. 암묵적 시간에 저항할 수는 없지만 명백한 시간을 향해 나 자신을 내던질 수는 있다고 믿었습니다. 그리고 나 자신과 일상의 균형을 유지하면서 이기적으로 싸워나갔습니다. 인생이, 삶이 꿈같은 것이라면 차라리 허황된 꿈일지라도 그 꿈을 향해 나아가 보자고 선택한 것이 울트라마라톤이었습니다.

울트라 경기에서 최대 난관은 무시무시한 언덕이나 고개를 만나는 것입니다. 자동차도 넘기 쉽지 않은 이런 고갯길을 때로는 두세 개를 넘어야 할 경우도 부지기수입니다. 언덕을 달리는 행위는 무모함이 아니라 러너의 용기입니다. 그것을 가능케 하는 것은 칼날같이 예리하게 연마된 근육과 강한 정신력 때문입니다. 경사진 언덕에서는 치열하게 달려야 하지만 긴장된 근육으로 힘을 다 빼며 달리는 구간이 아닙니다. 언덕을 올라가기 위해서 러너는 한층 더 강해져야 하지만 긴장할 필요는 없습니다. 그곳에서는 터프한 힘이 아니라 유연하고 절제된 힘을 구사해야 한다는 것을 오래전 중미산 농다치 고개를 오르며 깨달았습니다. 마라톤은 때때로 난관에 부딪힌 인생과 같습니다. 이럴 때 해결책은 언제나 똑같습니다. 그것은 계속 달리는 것입니다. 어둠을 벗 삼아 달리고 또 달렸습니다. 결과적으로 내 인생경기였고, 그야말로 울트라마라톤의 진수를 느낀 경기였습니다. 어려움에 봉착할 때마다 러너는 두 가지 선택밖에는 없습니다. 그것은 포기하느냐 그냥 한발 한발 앞으로 나아가느냐! 나는 한발 한발 나아가기로 고비마다 결정을 내렸습니다. 그 결과가 완주의 성취감을 가져다주었습니다. 울트라마라톤의 목적은 육체의 손상 없이 살아서 결승점에 도달하는 것이라는 사실을 다시금 확인했습니다.

하지만 울트라마라톤의 진정한 목적은 소멸입니다. 결승점에 도달하는 순간, 그곳은 멀고도 고통스러운 길을 하염없이 달려온 용감한 러너가 한순간 영원의 세계로 분화되는 영역입니다. 이것은 아마도 마라토너들의 열정이

와인 너머, 더 깊은

만들어낸 독특한 풍경일 것입니다. 울트라마라톤의 결승선은 그래서 특별한 구역이며 한 인간의 영혼이 한층 더 경쾌해지고 겸손해지는 소멸의 한 지점입니다.

이처럼 지독한 마라톤을 마무리하고 나면 나 자신을 위한 이벤트가 필요합니다. 조촐하지만 러너의 품위를 드러내면서 한잔해야겠지요. 와인 중에서 가장 울트라마라톤을 닮은 와인이 무엇일까? 바로 포트와인입니다. 달콤하고 강력한 포트와인은 포르투갈을 대표하는 와인이며, 전 세계에서 가장 독특한 와인으로 손꼽힙니다. 브랜디를 첨가하여 알코올 도수를 높인 이 와인을 마시면 마치 터보 엔진을 장착한 기분이 듭니다. 포트는 전 세계에서 오직 한 곳, 길이 113킬로미터에 달하는 도우루강 계곡의 특정한 포트 지역에서만 생산됩니다. 이 지역의 기후는 상식을 뛰어넘기가 일쑤입니다. 포도밭은 척박한 불모지에 조성되어 있고 때로는 용납하기 힘든 환경을 보여줍니다. 60도의 경사지에 어떨 때는 지표면의 온도가 섭씨 50~60도를 넘어가는 저주받은 땅으로 사람이 견디기조차 힘든 가혹한 조건입니다. 마치 울트라마라톤처럼 인간의 의지가 얼마나 위대할 수 있는지를 시험해보는 것 같습니다. 하지만 포도나무는 이러한 악조건을 즐기는 울트라러너처럼 바위틈에 깊숙이 뿌리내리고 견고하게 자라납니다. 도우루의 악명 높은 긴 여름을 견디고 수확철이 되면 포도 따는 기쁨이 남다를 수밖에 없습니다. 그곳에선 디오니소스 축제에 버금가는 열기에 휩싸입니다.

포트와인 스타일은 다양합니다. 10종의 스타일로 구별됩니다. 주정강화 와인인 포트는 기본적으로 발효가 진행 중일 때 브랜디를 첨가합니다. 고급의 황갈색 포트라면 배럴에서 2~50년 숙성을 시킵니다. 이런 스타일을 타우니(Tawny) 포트라고 부릅니다. 아주 오래된 나무통 포트는 연한 황갈색(타우니)을 띠면서 아주 달콤하고 부드러운 맛을 냅니다. 보통 10년에서 길게는 40년 정도 숙성시키니까 이 또한 울트라마라톤을 연상시킵니다. 오늘 마시는 니에푸르트 10년 타우니 포트도 이 범주에 속하는 에이지드 타우니 포트와인입니다. 포트와인과 어울리는 음식은 구운 견과류와 치즈입니다. 블루치즈나 고르곤졸라가 잘 어울리지만 포르투갈 산악지대에서 만드는 세하(Serra) 치즈가 탁월하다고 알려져 있습니다. 또한 달콤 쌉싸름한 초콜릿은 포트와 둘도 없는 친구입니다.

Part4

와
인
을

말
하
다

늑대를 길들일 수 있을까

늑대는 우리로부터 멀리 있지 않다

오늘의 와인

Weingut Staffelter Hof, LITTLE RED RIDING WOLF 2018
Mosel, Germany

어린 시절 눈이 살짝 내린 겨울 아침에 할머니 등에
업혀 강변으로 나갔습니다. 인적이 드문 그곳에는 선명하
게 늑대 발자국이 찍혀 있곤 했습니다. 흔적들의 벌판 혹
은 늑대의 선을 따라가며 펼쳐지던 할머니 자신이 겪었거
나 주변 사람들이 경험했던 늑대 이야기는 흥미진진하면
서도 어린 나를 두려움에 떨게 하기에 충분했습니다. 어
디선가 금방이라도 늑대가 튀어나올 것 같은 <u>으스스</u>한 분

위기가 지금도 느껴집니다. 할머니의 이야기를 통해 늑대들의 투지와 지혜로움과 그들의 생명력을 알게 되었습니다. 이후에 야생에서 늑대를 만난 적은 없었지만 나는 늘 늑대에 관심이 많았습니다. 정찰이나 포진, 매복공격, 기습과 같은 고도의 전술을 구사하면서 지형을 이용할 줄 아는 능력, 죽음도 마다하지 않는 불굴의 정신, 동족 간의 우애와 같은 덕목을 갖춘 그들의 진면목은 이제 신화가 되어버렸습니다. 늑대에 관한 책을 읽거나 늑대 이야기를 접할 때마다 야생이 자연에 살아 있던 그 시절이 그립습니다. 많은 것이 이 땅에서 사라져갔지만, 그중에서도 고귀하고 진귀하고 아름다운 생명체인 늑대의 멸종은 인간이 저지른 한없는 어리석음으로 느껴집니다.

> 왕 늑대는 지금 목을 길게 빼고
> 그의 뒤에 있는 산비탈을 바라보고 있었다.
> 다른 늑대들도 전부 레이더처럼 뾰족하고 긴 귀를
> 왕이 바라보는 방향에 두고 있는 것이 느껴졌다.
> 모든 킬러들은 조용히 왕의 명령을 기다리고 있었다.
> 그러나 아무런 무기도 지니지 않은 무방비 상태의
> 사람과 말이,
> 이토록 대담하게 이목을 끌며
> 늑대 무리 사이를 지나가니 오히려 늑대들이 의아해했다.

중국 작가 장룽의 체험적 장편소설 『늑대토템』에서

주인공이 예기치 않게 늑대 무리와 정면으로 마주치게 된 절체절명의 순간을 묘사한 장면입니다. 이 위기를 간신히 벗어난 이후부터 그는 몽골 초원의 늑대에게 일종의 두려움과 경외심을 느끼게 되었고 무언가에 홀린 것처럼 늑대에게 푹 빠져버렸습니다. 그리고 늑대를 알고 이해하면 할수록 늑대에게서 진한 감동을 받고 늑대와 친구가 되어 갑니다.

인내심이 없으면 전쟁에서 이길 수가 없어.
하늘 아래 모든 기회는 오직 인내심을 가진
인간과 짐승에게만 주어지거든.
오직 숙련된 인내심을 가진 자만이
기회를 정확히 알아볼 수 있단다.
칭기즈칸 같은 한 기마병이 어떻게 해서
대(大) 금국(金國)의 백만 대군을 물리칠 수 있었으며
수십 나라를 정복할 수 있었겠니?
그건 늑대의 강인함만으로는 불가능한 일이야.
늑대의 인내심까지도 배워야 해.
아무리 수가 많고 강한 적이라 해도
정신을 놓칠 때가 있기 마련이거든.
정신을 놓치게 되면 작은 늑대라도
큰 말을 물어 죽일 수가 있지.
인내심이 없다면 늑대가 될 수 없고,
사냥꾼이 될 수 없으며,

칭기즈칸도 물론 될 수가 없는 거야.

넌 항상 늑대를 이해하고 싶고,

칭기즈칸을 이해하고 싶다고 말하는데.

그러려면 우선 그 성질부터 죽이고

가만히 엎드려 기다릴 줄 알아야 해!

늑대가 가젤을 사냥하는 장면을 관찰하다가 주인공은 늑대의 탁월한 지혜와 인내심, 조직력과 엄한 규율을 경험하게 됩니다. 이를 통해서 몽골 유목민들이 늑대정신으로 무장한 민족이었음을 깨닫습니다. 그들의 탁월한 강인함과 인내, 용감함과 지혜, 그리고 삶을 사랑하고 생명을 중시하는 법, 끝까지 굴복하지 않는 정신, 혹독한 환경을 이겨내는 법 등은 모두 늑대가 가진 본성으로 늑대에게서 배운 것이었습니다. 그래서 늑대가 사라진 오늘날의 초원은 허전할 수밖에 없습니다. 초원의 혼이 사라져버렸습니다. 늑대의 사나운 야성과 유목정신으로 가득 찼던 초원의 유목문화가 우리 민족의 유전자에도 심어져 있었으나 이제는 거의 퇴색되어갑니다. 늑대만 이 땅에서 자취를 감춘 게 아니라 우리들의 인간 본성에 숨겨져 있던 매력적인 늑대의 야성을 상실해버린 것입니다.

약 1만 8,000년 전 크로마뇽인이 사냥꾼이었을 때 인간과 늑대는 서로 의지하는 사이였습니다. 사냥꾼들은 가까이 있는 늑대의 존재에 익숙했습니다. 오히려 그들과

와인 너머, 더 깊은

동질감을 느꼈습니다. 사람들이 사냥감을 요리하고 남긴 찌꺼기들은 늘 늑대가 노리는 목표였기에 늑대는 사람들 사이에 자주 출몰했습니다. 그리고 그들은 어느 때부터인 가 자연스럽게 서로 친구가 되었습니다. 오늘날의 개들은 모두 늑대의 후손입니다. 여우, 자칼, 코요테, 심지어는 들 개도 아닙니다. 오직 늑대뿐입니다. 정확히 말하면 유럽 의 회색 늑대들, 이 회색 늑대와 오늘날의 개들은 유전자 서열의 99.6퍼센트를 공유하고 있습니다. 인간과 가장 먼 저 동맹을 맺음으로써 동물 중에서 개가 인간의 가장 오 래된 친구인 셈입니다. 농업이 시작(농업의 시작은 약 1만 1천 년 전 유라시아에서부터이다)되기 전에 그러니까 아득한 구석 기 시대, 인간의 조상들이 아직 유목민이고 수렵채집인이 었을 때 가축 개가 등장한 것으로 학자들은 밝혀냈습니 다. 오늘날 개의 품종은 400여 종에 이르는 엄청난 다양 성을 보여주지만, 유전적으로 말하면 이들은 모두 회색 늑대입니다. 결코 늑대는 우리로부터 멀리 있지 않습니 다. 우리가 사랑하고 함께 살아가는 시추, 푸들, 레트리버, 스패니얼, 테리어의 내면은 모두 회색늑대입니다. 사랑스 럽고 친근한 늑대입니다.

독일의 바인굿 슈타펠터 호프는 세상에서 가장 오래 된 와이너리 중 한 곳입니다. 1,150년이 넘는 역사를 자랑 하는 이곳은 유구한 역사를 면면이 이어서 와인을 만들어 왔습니다. 역사를 지닌 와이너리인만큼 늑대 전설 하나쯤은 있어야겠지요. 모젤의 경사가 가파른 밭에서 수도사들은 당나귀로 밭을 갈며 농사짓고 있었습니다. 그러던 어느 날 늑대가 나타나서 당나귀를 물어 죽였습니다. 머리끝까지 화가 난 수도사들은 늑대를 찾아 숲으로 들어가서 끝내 그 늑대를 포획해왔습니다. 당나귀를 죽인 죗값을 묻는 벌로 그 늑대에게 밭 가는 일을 대신 시켰습니다. 믿기 힘든 이야기 같지만 늑대가 어떻게 가축화되는지 증명해주는 하나의 내러티브를 보여줍니다. '마그누스(Magnus)'라는 이름으로 불린 이 늑대는 지금까지 슈타펠터 호프의 수호신이자 심볼로 사용되고 있습니다. 와인 레이블에는 마그누스 늑대의 스토리텔링이 그림으로 장식되어 있습니다. 리틀 레드 라이딩 울프는 독일 피노 누아로 불리는 슈패트부르군더(Spatburgunder)로 만든 내추럴 와인입니다. 야생의 과일 향과 체리, 약간의 스파이시한 허브 뉘앙스가 피노 누아의 고급스러움을 부여해줍니다. 아울러 피노 누아의 매력인 섬세함을 훌륭한 산도가 뒷받침해주면서 긴 피니쉬를 제공해줍니다. 피노 누아는 껍질이 얇으며 타닌이 낮고 산도는 높습니다. 얇은 껍질 속에는 성분들이 많지 않아서 비교적 섬세한 편이고 색상이 부드럽습니다. 피노 누아의 이런 특징들 때문에 다른 품종에 비해서 다양성을 창출해내기가 쉽지 않습니다. 또한 양조 기법에서 조금이라도 균형이 무너지면 피노 누아의 투명성 때문에 금방 드러나고 맙니다. 좀 더 정밀함과 섬세함을 이 와인에서 발견하려는 감각으로 또 한 모금 마셔봅니다. 피노 누아가 독일에 가서 더 늦게 익으면 어떤 캐릭터를 보여주는 지의 흥미를 제공해줍니다. 내추럴 와인의 진면목을 보여주는 이 와인은 시음자에게 새로운 보물을 발견하는 기쁨을 선사합니다. 오크향이 드러나지 않으면서 순수한 포도와 테루아가 표현된 이 와인은 내추럴의 정수를 보여줍니다. 이 와인은 감칠맛이 있고 마시기 편안합니다. 자연에서 자란 어린아이가 달콤한 석류의 뉘앙스로 다가와서 섬세한 바디를 지닌 매력적인 산도로 시음자를 이끌고 가듯 경쾌한 와인입니다. 피노 누아의 본고장 부르고뉴 와인처럼 조심스럽게 아껴가며 마시지 않아도 되는 마음껏 즐기면서 벌컥벌컥 마실 수 있는 피노 누아입니다. 자연의 질서를 존중하면서 모든 살아 있는 생명체와 연대하려는 정신으로 내추럴 와인이 만들어집니다. 이런 철학을 담아낸 이 와인 한 잔으로 오늘 밤에는 늑대의 야성을 회복해야겠습니다. 하지만 늑대들은 더 이상 울지 않습니다.

늑대들이 왔다

피냄새를 맡고
눈 위에 꽂힌 얼음칼 주변으로 모여들었다

얼음을 핥을수록 진동하는 피비린내
눈 위에 흩어지는 핏방울들

늑대의 혀는 맹렬하게 칼날을 핥는다

자신의 피인 줄도 모르고

감각을 잃은 혀는 더 맹목적으로 칼날을 핥는다

치명적인 죽음에 이를 때까지

먹는 것은 먹히는 것이라는 것도 모르고

저녁이 왔고

피에 굶주린 늑대들은 제 피를 바쳐 허기를 채웠다

늑대들은 더 이상 울지 않는다

―나희덕,「늑대들」

와인 너머, 더 깊은

와인은 시간과 공간이 기록되는 장부다

과거는 죽어버린 것이 아니다

오늘의 와인

CHATEAU LAFITE-ROTHSCHILD 1952

　　와인의 역사가 일천한 나라에서 그것도 나이가 많이 든 사람으로 탄생 빈티지 와인을 마신다는 것은 엄청난 행운입니다. 보르도의 경우, 20세기에서 가장 추앙받는 빈티지는 1945년입니다. 그리고 1949년, 1953년, 1959년, 1961년, 1982년, 1985년, 1986년, 1989년, 1990년, 1995년, 1996년, 1998년, 2000년 등은 아주 우수한 빈티지입니다. 이렇게 뛰어난 와인은 유럽의 와인 샵이나 레스토랑에서 물량을 확보하여 장기적으로 보관할 가능성이 커

　　　　　　　　　　　　　　　와인 너머, 더 깊은

서 비용은 좀 들겠지만 구입하기가 불가능하지는 않습니다. 하지만 내가 태어난 1952년은 평균 이하의 빈티지로서 특히 수확량이 적었던 해였습니다. 봄과 여름 날씨는 매우 좋았지만 수확하기 직전부터 수확이 끝날 때까지 폭풍이 불고 변덕스러운 날씨에 기온까지 낮았습니다. 그래서 풍성한 맛이 약하고 그다지 매력적이지 않고 견고하고 숙성이 덜 된 와인이 되고 말았습니다. 이런 와인은 숙성력이 떨어져서 오랜 시간 보관하는 것은 위험이 따르는 일입니다. 더구나 60년이 다 되어 이 빈티지의 와인을 찾으니 쉽게 구할 수 없었습니다. 다행이 뉴욕에 있는 어떤 와인 샵에 52빈티지가 있다는 정보를 얻어서 간신히 한 병을 구했습니다. 샤토 라피트 로칠드 1952년입니다.

와인은 그해의 산물이며 그해의 날씨가 맺어준 결실입니다. 와인은 땅을 통해 공간과 어떤 관계를 맺고 빈티지를 통해 시간과도 긴밀한 관계를 맺습니다. 와인을 시음하는 행위는 공간과 시간이 만나 이룩한 결실을 통해 어떤 가치를 발견하는 것입니다. 그래서 탄생 빈티지 와인을 마신다는 의미는 특별합니다. 내가 태어났던 해의 시간과 공간을 포도를 통해 직접 만나고 음미하는 것입니다. 모든 과일을 통틀어 포도 이외에는 이런 임무를 수행해줄 열매는 없습니다. 필름을 되돌려보듯 나의 탄생 빈티지를 통해 60년 세월의 시공간을 초월하여 내가 처음 이 땅에 태어나던 그 순간으로 다가갈 수 있었습니다.

아무리 오래된 과거라 해도,

과거는 죽어버린 것이 아니다.

이 와인을 마시면서 나는 르네 르센의 말을 떠올렸습니다. 내가 태어나던 해에 나와 같은 시간에 열매 맺고 익어간 포도의 와인을 맛보면서 내 인생의 삶 전체가 현재로 이어져 있다는 것을 깨달았습니다. 그동안 까맣게 잊고 있던 시간을 찾아낸 것입니다. 프루스트가 홍차에 적신 마들렌을 통해 추억을 되살려내었듯이 와인을 통해 60년의 삶 전체가 감각적으로 파도처럼 밀려왔습니다. 옛 기억이 서서히 나 자신으로 돌아오는 느낌으로 와인을 음미했습니다. 들뢰즈의 말을 빌리면 『잃어버린 시간을 찾아서』는 미래를 향하는 소설이지 과거를 향하는 이야기가 아닙니다. 주인공인 '나'는 마들렌의 맛이라는 기호에 의해 기쁨을 느낍니다. '나'는 기호의 해독방식을 배우고 습득함으로 과거를 경험합니다. 시간이란 인간에게 경험의 차원입니다. 그 경험이 프루스트 작품 전체를 지배하고 있습니다. 와인 또한 하나의 기호입니다. 주인공이 마들렌의 기호를 해독한 것처럼 와인의 기호를 해독하는 능력이 습득된다면 와인을 통해 사유가 가능해집니다. 그래서 와인을 시음하는 행위는 다름 아닌 정신의 변화를 추구하는 행위이기도 합니다. 이는 곧 미학적 경험과 통하는 말입니다.

와인 너머, 더 깊은

무엇인가 살아가고 있는 곳에서는

언제나 어딘가로 열려 있는,

시간이 기록되는 장부가 있다.

— 앙리 베르그송

내게 그 장부는 1952년 빈티지 샤토 라피트 로칠드 와인 한 병이었습니다. 샤토 라피트 로칠드는 소위 보르도 지방의 5대 샤토에 속하는 1등급 와인으로 누구나 알고 있으며 마시고 싶지만 그런 기회가 좀처럼 오지 않는 명품 와인입니다. 이런 와인은 쉽게 자신을 드러내지 않습니다. 와인이 지닌 사치스럽고 화려한 코드를 정확히 이끌어내 해독할 수 있는 지식이 필요합니다. 고급문화나 고급예술의 소비와 애호에는 배움과 노력과 시간과 비용이 소요되기 마련입니다. 이러한 문화 소비를 통해 사람들이 얻는 것이 있다면 그것은 삶의 충만감입니다. 그리고 자신을 더 확장할 기회를 얻게 되는 것입니다.

샤토 라피트 로칠드와 같은 수준의 와인을 이해하려면 땅과 사람과 포도나무와의 관계에 주목해야 합니다. 그 핵심은 바로 테루아(Terroir)입니다. 결국 농부는 토양과 기후의 테루아를 어떻게 포도에 새겨 넣을 것인가 고심하고, 와인 양조 마스터는 그 포도를 발효 숙성시킬 때 테루아적 특성을 와인에 얼마나 녹여낼 수 있는지를 고민하게 됩니다. 한 병의 와인은 와인 메이커의 가치와 철학이 담겨 있는 최종 결과물인 것입니다. 그래서 와인을 마신다는 것은 향과 맛을 즐기며 매혹적인 와인의 빛깔에 심미적으로 접근하는 것을 넘어서 와인을 만든 이의 가치와 철학을 음미하는 일이기도 합니다. 한 잔의 와인에 누군가의 영혼이 숨 쉬고 있다는 사실을 알아챘다면 이미 그대는 세련된 와인 애호가입니다.

와인은 한 해의 날씨와 자신이 자란 환경을 포도열매가 어떻게 수용하고 반영했는지를 고스란히 보여줍니다. 치우침이 없는 조화로운 환경에서 자란 포도는 완벽한 균형감을 갖게 됩니다. 그런 포도는 양조 과정에서도 타닌과 산미의 절묘한 조화를 이루게 되어 균형 잡힌 와인으로 시음자의 찬탄을 이끌어냅니다. 흔히 저지르기 쉬운 잘못은 너무 빨리 오픈하는 경우입니다. 아무리 잘 만들어진 와인이라 하더라도 어린 와인을 너무 일찍 열어놓으면 디캔팅을 하고 쿵쿵거리며 냄새를 맡아봐도 소란스럽게 와인을 흔들어 깨워봐도 다 소용이 없습니다. 서두르고 재촉한다고 와인이 잠에서 깨어나 자신의 찬란한 능력을 드러내주지 않습니다. 경험으로 비추어보면 명품 와인들은 적어도 10년의 숙성 기간을 거쳐야만 그 와인의 본질에 다가갈 수 있습니다. 이런 와인을 마시기까지에는 상당한 인내심이 요구됩니다. 이런 이유로 또 다른 메독 1등급 샤토의 하나인 샤토 라투르는 2012년에 와인의 선물거래(엉 프리뫼르)에서 탈퇴를 선언했습니다. 이는 와인을 미리 출시하지 않고 마실 시기가 될 때까지 샤토에 저장하겠다는 놀라운 선포였습니다. 샤토 라투르는 시음 시기가 10년에서 15년은 족히 걸립니다. 그 기간 동안 샤토에서 완벽한 상태로 잘 보관했다가 적절하게 마실 시기가 되면 출시하겠다는 뜻입니다. 샤토 라투르는 사람들이 와인을 너무 어릴 때 마시는 데 대한 우려를 반영한 혁신적이고 과감하고 많은 희생이 따르는 결정을 했습니다. 보르도 1등급 샤토 명품 와인들이 완벽을 위해서 얼마나 고심하고 희생을 감내하면서 변화할 준비가 되어 있는지를 보여주는 한 단면입니다.

한 해 수확한 포도로 보르도에서만 매년 7억여 병의 와인이 만들어집니다. 그중에서 피라미드의 가장 꼭대기에 위치하는 5대 샤토들의 포도밭은 다른 곳에 비해 더 엄선된 재배를 하고 수확방식도 정교합니다. 보르도 최고의 샤토에서는 기계를 사용하지 않고 손으로 수확합니다. 이런 지역은 세계적으로 얼마 되지 않습니다. 1등급 샤토의 명성은 그냥 얻어지는 것이 아닙니다. 오브리옹의 디렉터 장 베르나르 델마는 1등급의 의미를 분석하고 이렇게 정의를 내렸습니다.

위대한 보르도 와인은 몇 가지 필수적인 전제가
충족되어야만 합니다.
우리는 이를 지난 250년 동안 경험으로 알고 있습니다.

포도밭은 완만한 언덕 지대에 조성되어야 하고,

토양은 포도나무 뿌리가 깊게 내릴 수 있어야 합니다.

크고 작은 자갈돌이 섞여 있어야 하며

하층토는 배수가 완벽해야 합니다.

또한 좋은 소유주를 만나

수세기 동안 축적해온 포도밭 관리와 양조법과 더불어 과

학적 지식을 더할 수 있어야 합니다.

최고 등급은 우연히 최고가 되지는 않습니다.

이처럼 이들은 수세기에 걸친 부단한 노력과 디테일에 대한 엄격한 집착으로 마침내 현격한 가격의 격차를 이루어냈습니다. 그리고 이 와인들은 사람들의 마음을 사로잡는 매력으로 충직한 애호가들을 거느리게 되었습니다.

공릉천 갈대의 군무

갈대숲은 하나의 유토피아

오늘의 와인

Duckhorn CANVASBACK Cabernet Sauvignon 2016

내가 사는 군사분계선 부근의 파주 벌은 얼마 전까지도 쓸쓸한 땅이었습니다. 20여 년 전 이곳으로 거처를 옮겨왔을 당시엔 세상의 변방 같은 지역이었습니다. 그래도 이곳 공릉천 하류의 갈대숲은 자신만만하게 아름다운 풍경을 드러냈습니다. 보잘것없어 보이던 하천은 한강에 닿기 직전 그 질펀한 갯벌을 끌어들여 경이로운 갈대숲을 키워놓고 있었습니다. 때맞춰 하늘에는 장려한 저녁노을과 철새 도래지답게 새들의 군무가 음악이 됩니다.

와인 너머, 더 깊은

오두산 통일전망대 부근의 공릉천은 내가 좋아하는 달리기 코스 중 하나입니다. 공릉천은 경기도 송추 유원지 쪽에서 발원하여 교하 들판을 가로질러서 한강으로 흘러드는, 강이라기보다는 짧은 하천입니다. 한강수계의 가장 아래쪽에 위치한 하천답게 물길의 하류는 풍부하면서도 조금은 낯선 표정을 지니고 있습니다. 이는 한강과 임진강이 합수하는 심원한 풍경과 하나로 묶여 있기 때문일 것입니다. 큰 두 강이 합수되는 그 지점은 강이면서도 바다의 징후를 드러내기 십상입니다. 바다 같은 강에 잇닿아 있는 공릉천 갈대숲엔 숭어 떼가 올라오듯 먼바다의 냄새가 스며들어 있습니다. 이곳엔 늘 바람이 붑니다. 아마도 갈대의 군락이 바람을 예민하게 표현하기 때문일 것입니다. 갈대숲은 새떼들을 끌어들이듯 나를 이곳으로 이끕니다. 그럴 때마다 나는 바람 속을 달려 공릉천 하구에 당도합니다. 뛰는 동안 규칙적인 호흡과 생생한 근육은 저 갈대 군락의 정겨운 풍경을 내 몸의 안쪽으로 품고자 합니다.

갈대를 처음 본 것은 오래전의 일입니다. 졸업을 앞두고 대학동기 세 사람이 함께 겨울 여행을 떠났습니다. 우리는 문학기행이라는 이름으로 당시엔 모험과도 같은 한 달간의 여행을 했습니다. 전라도 영광군의 서해 끝에 있는 가마미 해수욕장 해변에 위치한 금정암이라는 작은 암자가 목적지였습니다. 전라도 땅의 낯선 풍경과 그네들의 삶과 구수한 언어와 풍물은 당시로써는 가슴 벅찬 감동을 주기에 충분했습니다. 그때 나를 끌어당기던 어느 포구의 늪지에서 하염없이 바람에 흩날리던 식물군, 그것이 갈대(억새가 아닌 갈대)라는 사실을 함께 여행 중이던 채봉 형에게서 들었습니다. 갈대를 처음 인지한 그때로부터 갈대숲에 대한 환상은 내 마음속에 깊이 각인되었습니다. 그 아름다운 여행은 실재하지 않았던 것처럼 이제는 먼 추억이 되어버렸고, 형은 많은 동화와 아름다운 책을 남기고 이미 고인이 되었습니다. 형의 맑은 미소가 내 가슴에는 여전히 살아 있지만 인생은 덧없는 것입니다.

식물의 군락은 세월의 흐름에 따라 점점 힘이 강한 것들로 재편되어갑니다. 처음에는 잡초가 자라던 곳에 관목들이 자리 잡기 시작하다가 점차 나무끼리 경쟁 단계를 거치면서 마침내 거목으로 무성한 숲을 이루어 안정됩니다. 이러한 숲의 천이의 최종 단계에 도달한 식물군을 극상이라고 합니다. 소나무나 참나무와 같이 큰키나무들이 자랄 수 없는 물가에서는 갈대가 극상을 형성합니다. 자연계에서 극상을 이루는 풍경의 느낌은 조화롭습니다. 그것은 풍부한 유머 같기도 하고 행복과 환상을 심어주는 동화같기도 합니다. 그래서 극상림과 갈대숲은 하나의 유토피아가 됩니다. 이윽고 시간에 운명을 맡긴 내 인생과 바다를 향해 흐르는 강물이 이곳에서 다정하게 만날 때, 철새들도 이 갈대숲에서 쉽게 잠들지 못할 것입니다. 그래서 나는 오랫동안 서성일 수밖에 없습니다.

이것은 서성임일까
아니면 끊임없는 도달일까?

저 무심히 흐르는 강물을 따라서 나는 어디로 자꾸만 떠나고 싶은가? 새들이 날아오르듯 일상에서 떠나고 싶지만 삶이 발목을 잡습니다. 그래서 와인을 땄습니다. 오늘은 특별히 새를 주제로 한 와인을 골랐습니다. 극상의 갈대숲에 새들이 깃들지 않는다면 유토피아가 될 수 없기 때문입니다. 덕혼 와인 컴퍼니(Duck horn wine Company)는 미국의 핵심 와인산지마다 와이너리를 세우고 그들만의 개성을 담은 프리미엄급 와인을 생산합니다. 그들의 포트폴리오를 장식하는 사랑스러운 오리 심볼은 유명합니다. 캔버스백은 워싱턴주의 레드 마운틴 지역에 서식하는 오리큰흰죽지(Canvasback)의 이름을 그대로 따왔습니다. 와인 레이블에 그려진 오리가 바로 그들입니다. 강인한 이 오리의 생명력을 담아서 파워풀한 와인을 만들어 냈다고 합니다. 아메리칸 스타일의 정체성을 드러내주는 농익은 타닌과 과일풍미가 신선하고 허브와 이국적 향신료의 터치로 마무리되는 와인입니다. 자연을 사랑하고 보호하려는 덕혼의 정신이 돋보이는 이 와인으로 파티를 벌려 이 갈대숲에 철새들을 초대하려 합니다. 자연보호주의자 앨더 레오폴드는 말했습니다.

사람들은 북쪽 숲의 가을이
넓은 대지에 붉은 단풍나무 한 그루와
목도리도요새 한 마리를 더한 풍경임을 안다.
그 새는 1에이커의 토지가 지닌
질량이나 에너지의 백만 분의 일에 지나지 않는다.
하지만 그 목도리도요새 한 마리를 빼 버린다면
전체가 다 죽어버린다.

목도리도요새 한 마리가 많은 에너지는 담고 있는 풍경입니다. 자연이 연출하는 아름다움이란 이렇게 소박하지만 또한 위대하다는 것을 사람들은 종종 잊어버립니다. 한강 하구와 맞닿아 있는 헤이리 예술마을에는 가을이 깊어지면 철새들의 집단 비행을 자주 목격합니다. 소설가 윤후명 선생은 그 광경을 이렇게 묘사했습니다.

몇 해 전 어느 가을날,
그곳에 갔다가 저녁 어스름에 발길을 돌릴 무렵,
어디선가 나룻배 저어오는 듯한 소리가 들려왔다.
나는 주위를 두리번거렸다.
강물은 꽤 멀고, 그밖에 아무것도 그런 소리를 낼 만한
사물은 눈에 띄지 않았다.
정확하게 말하자면
나룻배 저어오는 소리라고 하기도 어려웠다.
아니면, 뗏목? 아니면 어떤 옛 수레?

와인 너머, 더 깊은

아무튼 말쑥하게 다듬어진 소리는 아니었다.

그 소리는 어두운 하늘에 매우 가까이서 숨 쉬고 있었다.

그러다가 하늘을 보고,

줄지어 날고 있는 철새 떼를 발견했다.

그토록 낮게 날아가는 철새의 행렬을 본 적이 없었다.

기러기들이었다.

와인 잔을 들고 베란다로 나가서 기러기들이 나룻배를 저으며 날아가는 열병식을 바라봅니다. 윤후명 선생과 고인이 된 정채봉 형과 앨더 레오폴드와 덕혼 와인 컴퍼니를 생각하면서 이 와인을 철새들과 함께 그들에게 바칩니다.

(내가 헤이리로 들어왔던 2000년 무렵에는 곡릉천으로 불리던 이 하천이 어느 때부터 공릉천으로 표기되기 시작했습니다. 공릉천은 조선시대 예종의 원비 능인 '공릉'에서 유래된 이름이었으나 일제강점기 때 조선어말살정책의 일환으로 곡릉천으로 바뀌었습니다. 반세기가 넘도록 곡릉천으로 불리던 이 이름이 하천 명칭을 바로잡기 위한 파주시의 요청으로 2009년 1월 1일부터 공릉천으로 원래의 이름을 되찾았습니다.)

도시는 우리를 불안하게 한다

미국적 고독의 이미지를 찾아서

오늘의 와인

FORMAN Napa Valley 2005

미국의 대표적인 사실주의 화가 에드워드 호퍼의 그
림은 우울과 고독으로 시선을 사로잡습니다. 그의 그림에
는 고독해 보이는 실존만이 화면에 멈추어 있습니다. 희
망은 늘 우리를 좌절시키지만 슬픔에만 사로잡혀 있으면
세상이 어두워집니다. 그의 그림 속 여인들에게는 아무도
구원의 손길을 내밀지 않을 것 같은 느낌이 듭니다. 희망
은 어디에 있을까? 고독하고 우울한 표정의 사람들은 호
퍼 그림의 정체성입니다. 사람들이 머무는 장소에는 고독

와인 너머, 더 깊은

이 있습니다. 특히 도시는 사람들이 종종 길을 잃고 헤매게 하는 문명의 아이러니가 있고 그 도시에서 만나는 고독이라는 감정에는 특별한 향취가 있습니다. 호퍼 자신도 한 인간으로서 고독과 끊임없이 싸웠고 문명의 비인간화에 저항했지만 늘 싸움에서 패했습니다. 그래서 그는 대도시를 고독으로 표현했습니다. 호퍼가 어느 인터뷰에서 말했습니다.

나는 미국의 풍경을 그리려고 한 적이 한 번도 없다고 생각합니다.
나 자신을 그리려고 했지요.

호퍼의 후기 작품인 〈바닷가의 방〉은 그의 다른 작품에 비하면 선명하게 보입니다. 그 이유는 사람이 등장하지 않기 때문입니다. 투명한 바다와 하늘과 빈방의 벽면들은 추상표현주의와 맞닿아 있습니다. 마치 러시아 출신의 미국 화가 마크 로스코의 색면추상예술 작품을 보는 듯한 느낌입니다. 물론 호퍼는 고집스럽게 구상미술의 맥을 이어갔지만, 그는 주제의 형식적 탐구에 머무르지 않고 이미지에 천착했습니다. 그는 실제의 삶을 드러내기보다는 삶의 인과관계에 놓여 있는 시간을 그리기 때문에 그의 화폭은 늘 비어 있습니다. 그 비어 있는 공간이 마크 로스코의 추상에 접근하는 통로처럼 보이는 이유입니다. 로스코로 대표되는 색면추상예술이란 눈에 보이는 사물들을 화폭에 재현하는 대신 색채를 통해서 인간의 정서를 드러내는 것입니다. 그는 색면추상이라는 독특한 양식으로 인간이나 사물의 외형보다는 평면상에서의 색상의 깊이를 통해 인간 감수성의 심연을 드러내고자 했습니다. 이런 측면에서 호퍼의 작품이 추구하는 것은 색채의 아름다움뿐만이 아니라 인간의 드라마를 표현하고자 하는 어떤 정서입니다. 호퍼에게 그 정서는 우울과 고독입니다. 그 깊은 우울과 고독의 이면에는 인간의 드라마가 필연적으로 펼쳐져 있기 마련입니다. 하지만 호퍼는 드라마 작가가 아닙니다. 등장인물들의 뒷모습은 언제나 그늘에 가려져 있습니다.

> 호퍼의 방들은 욕망의 침울한 안식처다.
> 우리는 그곳에서 무슨 일이 일어나는지 알고 싶지만,
> 물론 알 수가 없다.
> 본다는 행위에 수반되는 침묵은 커져만 가고,
> 이는 우리를 불안하게 한다.
> 고독만큼의 무게로 우리를 짓누른다.
> ― 마크 스트랜드, 『빈방의 빛』

〈바닷가의 방〉에서 보이는 공간이 아름다운 것은 사물의 존재감과 긴장감 때문입니다. 그 방에는 바다로 나가는 문과 계단이 있는 또 다른 방으로 이어지는 두 개의 문이 있습니다. 그 두 개의 문 사이에 놓인 작은 방은 텅

비어 있지만 양 끝에 놓여 있는 가구와 바다의 대립이 이 공간의 성격을 드러내줍니다. 그 두 사물이 빚어내는 미묘한 긴장감 때문에 공간이 활짝 피어나고 오랫동안 이 방에 머물고 싶게 합니다. 수평선이 해시계처럼 사선으로 떨어지는 벽면은 한가로운 오후의 여유를 부여해주는 듯 평화롭습니다. 물론 고독과 우울의 불안감이 벽면에 어른거리지만 가구가 증언하는 정갈함과 투명한 하늘과 바다라는 자연이 제공해주는 쾌적함이 펼쳐지는 이 방은 우연히 존재하는 것이 아닙니다. 반대쪽 계단을 통해 위층으로 올라가 보면 그 전모가 드러날 테지만 이 집은 바닷가에 있는 저택입니다.

하나의 예술작품은
해당 문화의—그리고 문화의 구성원인 우리 자신의—
내면의 삶을 들여다 볼 수 있는
하나의 창이다.
—아서 단토

고독한 인간의 드라마는 소설 『위대한 개츠비』를 통해서 드러납니다. 호퍼와 동시대의 작가였던 피츠제럴드는 『위대한 개츠비』를 통해서 현대 미국의 초상을 그려냈습니다. 주인공 개츠비의 내면을 탐색해보면 호퍼의 그림들이 왜 그토록 불안과 우울의 그림자를 이끌고오는지 이해할 수 있습니다. 이 이미지는 에드워드 호퍼와 피츠제

에드워드 호퍼, 〈바닷가의 방〉, 1951

럴드에 의해 곧 미국적 고독의 낭만적 이미지로 구축됩니다. '아무리 꿈꾸어도 부족하지 않을 불멸의 노래' 같은 데이지는 개츠비의 첫사랑입니다. 첫사랑에 대한 꿈과 환상을 간직하고 그것을 성취하려고 모든 것을 바치는 개츠비를 통해 우리는 삶의 비극적 의미를 깨닫습니다. 당시 미국사회는 겉으로는 우아하고 고상하며 화려하지만 그 이면에는 탐욕과 이기와 정신적 공허감으로 가득 차 있는 사회였습니다.

이런 부조리한 삶 속에서 온갖 수단과 방법을 동원해 많은 재산을 모은 개츠비는 롱아일랜드 해협의 바닷가에 대저택을 마련합니다. 그가 이곳에 집을 마련한 것은 저 멀리 보이는 건너편의 만(灣)을 바라보기 위해서였습니다. 그곳에는 데이지가 살기 때문입니다. 데이지는 돈 많은 남자와 결혼했지만 개츠비의 데이지를 향한 욕망은 멈출 수 없었습니다. 개츠비는 주말마다 성대한 파티를 엽니다. 그곳에는 환락과 쾌락을 찾아 불빛을 쫓는 부나비 같은 청춘들이 모여듭니다. 어느 날 개츠비의 파티에 마침내 데이지가 나타났습니다. 오로지 이날을 위해서 개츠비는 파티를 열었던 것입니다. 그러나 데이지는 개츠비의 지고지순한 사랑을 받아줄 만한 여인이 아니었습니다.

데이지는 어렸고, 그녀의 인위적인 세계는
난초 향과 쾌활하고 명랑한 속물근성 냄새로

가득했으며, 삶의 비애와 암시를 새로운 곡조에 담아 그해의 리듬을 연주하는 오케스트라를 생각나게 했다.

물질적으로는 풍요롭지만 사랑을 얻지 못한 개츠비의 내면은 텅 빈 채 그의 인생은 초라해졌습니다. 그리고 어느 날 우연한 사고로 한 방의 총성에 그는 허무하게 목숨을 잃습니다. 그리고 그의 장례식에는 데이지를 비롯하여 아무도 참석하지 않았습니다. 우리는 결국 혼자이고 연약한 존재입니다. 인간의 무의식에 잠재된 피할 수 없는 두려움과 고독을 호퍼와 피츠제럴드는 명징하게 표현해냈습니다. "사랑을 어찌 정의로만 포착할 수 있겠습니까. 사랑은 오직 이야기로만 포착할 수 있을 뿐입니다." 그래서 개츠비는 고독한 현대인의 미국적 초상으로 남았습니다.

사랑을 잃고 나는 쓰네

잘 있거라, 짧았던 밤들아
창밖을 떠돌던 겨울안개들아
아무것도 모르던 촛불들아, 잘 있거라
공포를 기다리던 흰 종이들아
망설임을 대신하던 눈물들아
잘 있거라, 더 이상 내 것이 아닌 열망들아

장님처럼 나 이제 더듬거리며 문을 잠그네

가엾은 내 사랑 빈집에 갇혔네

　　──기형도,「빈집」

　　미국적 이미지와 정체성은 비단 그림과 문학에만 국
한되지 않습니다. 캘리포니아 나파밸리는 미국 최고의 와
인 생산지입니다. 나파밸리 와인은 언제나 세련되고 고급
스러우면서 복합적인 향미를 보여줍니다. 그러나 나파밸
리가 진정 가지고 있는 것은 '식욕과 허기'라고 캐런 맥닐
은 지적합니다.

　　삶에 대한 엄청난 식욕과

　　성공을 향한 뚜렷한 허기다.

　　이 말은 나파밸리 와인의 아이덴티티에 대해 정곡을
찌른 표현입니다. 그러므로 우리가 나파 와인을 마실 때
면 꼭 기억해야 하는 문장이 되어야 합니다. 이곳에서는
한 병에 수천 달러나 하는 컬트 와인이 유통되는 지역입
니다. 나파에서 생산되는 최상의 와인은 보르도 1등급 와
인가격으로 거래되며 무수한 추종자를 거느리고 있습니
다. 소위 컬트 와인이 존재하는 이유입니다. 나파의 명성
이 화려한 자본주의 사회의 아우라에서 꽃피워졌기 때문
입니다. 그래서 나파밸리 와인은 사치와 적막, 성공과 행
복의 여운이 느껴지는 쾌락을 추구하는 와인입니다. 미국
에서 생산되는 와인 중에서 가장 미국적인 이미지를 보여

주는 와인이 나파밸리입니다. 이곳의 카베르네 소비뇽은 세계 최고 수준이며 풍부함과 윤택함은 비교 불가의 품질입니다. 때로는 시음자의 마음을 흔들어놓기도 합니다. 포맨 나파밸리 2005는 여인의 입술 같은 짙은 루비의 빛깔을 보여주면서 카시스와 초콜릿의 풍미가 인상적입니다. 검은 과일 향과 흰 꽃의 부케향이 풍요하고 세련된 성공한 사람들의 여유를 깔끔하게 드러내줍니다. 오늘 밤 이 와인을 에드워드 호퍼, 피츠 제럴드 이 위대한 두 남자를 위하여 건배합니다.

고대 와인은 무슨 맛이었을까?

와인은 만들어지는 것이 아니다. 태어나는 것이다

오늘의 와인

KTW RKATSITELI Qvevri Wine 2017
KTW SAPERAVI Qvevri Wine 2018
Kakheti Georgia

인류는 언제부터 와인을 만들고 마셨을까? '노아의 가설'에 의하면 창세기 이후 인류가 이 땅에서 존재하기 시작할 무렵부터 사람들은 와인과 함께했을 것입니다. 노아가 아라라트(터키 동부와 아르메니아 국경 지역)에 포도를 심어 길렀다는 성서에 기초한 추측을 해봅니다.

그리고 방주는 일곱 번째 달에,

와인 너머, 더 깊은

그달의 17일째에,

아라라트산 위에서 멈추었고……

노아는 …… 포도밭을 가꾸었다.

한편 고고학으로 그 기원을 따져본다면 기원전 약 6000년경 코카서스 지역이라고 합니다. 크베브리 조각 밑바닥에서 발견된 포도 씨 침전물이 그 증거였습니다. 이곳은 오늘날 조지아, 아르메니아가 위치하는 곳입니다. 그리고 언어학자들은 지금의 조지아어를 포함하는 어계 인 남캅카스어족의 고대단어 'ɣwino'가 와인을 가리키는 단어의 시원이라고 믿고 있습니다. 그렇다면 이 단어를 인도-유럽어계가 빌려와서 'Wine'이 되었습니다.

그러므로 조지아와 아르메니아는 현재 와인의 발상지로서 고대의 주요 와인 생산국 중 하나로 인정받고 있습니다. 그들은 세계에서 가장 오래된 와인 양조의 역사를 자랑하며 와인을 지속적으로 만들어왔지만, 2000년 무렵까지만 해도 와인을 소개하는 어떤 책에도 조지아와 아르메니아에 관한 언급이 없었습니다. 서양의 와인 업계에서 철저하게 무시당하며 모두의 관심 밖에 있었지만, 조지아 사람들은 땅에 묻은 항아리(크베브리) 와인을 만드는 전통을 기적처럼 유지하고 있었습니다. 고대로부터 이어져온 특별한 양조방식은 포도, 껍질, 씨와 줄기까지 크베브리에 넣어 발효시키고 어떤 개입도 없이 9개월까지 밀봉해

두는 방식입니다. 하지만 이런 전통이 쉽게 이어져온 것은 결코 아닙니다. 소련이 조지아를 지배하기 시작한 1922년부터 소련이 몰락할 때까지 약 70년간 이 나라 와인 산업은 초토화되었습니다. 실용주의에 기반을 둔 사회주의는 와인의 개성이라는 가치를 모조리 짓밟아버렸습니다. 조지아의 모든 포도 재배자들은 그들의 수확물을 1차 와이너리 한 곳으로 보내야만 했습니다. 이곳에서 발효된 와인 원료(벌크와인)는 지정된 또 다른 2차 와이너리로 옮겨져서 숙성, 가공, 병입되어 정해진 고객에게 전달되는 시스템으로 작동되었습니다. 이러한 균질화는 이들이 고대로부터 지켜왔던 개성과 다양한 품종과 전통적 제조방식의 붕괴를 초래한 그야말로 암울했던 시간이었습니다.

이에 따라 소련의 몰락 이후에도 전통 조지아식 크베브리 와인을 만드는 사람들이 자취를 감추고 대신 현대 유럽식 와인 방식으로 전환되었습니다. 시골에 포도밭이나 농가를 소유할 만큼 여유로운 사람들만이 좋은 크베브리 와인을 만들 수 있었을 뿐이었습니다. 전통은 그렇게 실낱같은 모습으로 이어져오고 있었습니다. 하지만 조지아에서 크베브리 와인은 단순한 음료가 아닙니다. 그들의 문화적 측면에서 상징성을 지닌 유산으로서 조지아 사람들의 인생 그 자체입니다. 아기가 태어나면 갓 만든 와인을 크베브리에 채워서 그 아기가 결혼하는 날까지 그대로 두는 의식이 여전히 행해지고 있습니다. 이런 전통이 민간에선 여전히 존재함에도 불구하고 산업적 측면에서는 조지아 와인 양조자들조차 그들의 독특한 양조법이 사라져가는 걸 속수무책으로 지켜볼 수밖에 없었습니다. 그러다 마지막 순간에 겨우 구해낼 수 있었습니다.

와인은 만들어지는 것이 아니다.
태어나는 것이다.
우리는 여신처럼 점토로 자궁을 만들어 흙에 묻는다.

크베브리 와인을 만드는 방식은 단순합니다. 세계에서 이보다 더 단순한 와인 제조법이 있을까 싶습니다. 특히 카케티 동부 지방에서는 가장 강력하고 구조적인 와인을 만드는데, 우리나라에서 김치를 담그는 방식과 유사하지만 오히려 김치보다 더 단순한 과정을 거칩니다. 포도를 수확하여 나무통에 넣고 발로 밟은 다음 크베브리로 옮깁니다. 천연효모에 의해 발효가 시작되면 정기적으로 내리치는 과정을 반복합니다. 이는 껍질이 마르지 않게 하기 위함입니다. 그리고 발효가 끝나면 크베브리에 뚜껑으로 덮고 그 위에 흙을 쌓아 밀봉합니다. 6개월 정도 지나면 이를 병입하거나 다른 크베브리로 옮겨 담아 저장 숙성합니다. 이와 같은 과정을 거친 조지아의 크베브리 와인은 고대와인 제조의 원형을 보여주는 것으로서 아마도 고대 와인 맛의 마지막 흔적일 것입니다.

20세기 막바지에서야 그동안 숨겨졌던 조지아 와인의

정체성이 서구에 조금씩 알려지기 시작했습니다. 최고의 와인은 최신식 설비를 갖춘 하이테크 셀러에서 나오는 게 아니라 보다 소박한 장소에서 나온다는 깨달음에 도달한 소수의 사람들에 의해서 가능한 일이었습니다. 이탈리아 콜리오의 작은 마을에서 와인을 만들어오던 요슈코 그라 우너 같은 사람들의 역할이 컸습니다. 그로부터 거의 20년 이 지난 지금까지도 조지아 와인 장인들은 자신들의 귀중 한 비법을 세상에 알린 공로로 그라우너를 존경하고 있습 니다. 이제 조지아 와인은 슬로푸드와 내추럴 와인이라는 새로운 트렌드에 힘입어 세상을 향해 도약할 준비를 하게 되었습니다.

오늘 시음하는 와인은 전통 조지아식 크베브리 와인 을 만드는 카케티 지역 와인입니다. 카케티는 가장 전통적 인 방식으로 가장 강렬하고 구조적인 와인이 만들어지는 곳입니다. 르카치텔리는 청포도 품종이고 사페라비는 적포 도 품종입니다. 조지아는 원래 토종 포도 품종이 500종이 넘는 다양성을 자랑했었지만, 소련 통치 시절의 균질화 정책에 희생되어 20세기 말에는 겨우 6종만 남게 되었습 니다. 그중에서 르카치텔리와 사페라비는 가장 대표적으 로 재배되는 품종입니다. 르카치텔리는 화이트 와인이지 만 분홍색상의 앰버(호박색) 와인입니다. 일반 화이트 와 인의 양조방식은 청포도를 압착해 즙만으로 발효시키는 데 비해 앰버 와인은 껍질과 씨, 줄기까지 침용시켜서 오

와인 너머, 더 깊은

렌지색을 추출해냅니다. 요즘 젊은이들 사이에서 떠오르는 오렌지 와인으로도 불리는 새로운 트렌드가 바로 이 방식으로 침용된 와인입니다. 껍질과 줄기까지 침용시켰다는 점에서 로제 와인과도 구별되어야 합니다. 먼저 이 와인은 강렬한 아로마를 느끼게 합니다. 이 아로마와 함께 섬세한 꽃 향을 선사해주는 사랑스러운 와인입니다. 한 모금 마시면 일반 화이트 와인에서 느낄 수 없는 타닌감이 전체를 지배합니다. 이 타닌감으로 인해 화이트 아닌 화이트 와인으로 새로운 경험을 제공해줍니다. 또한 실크처럼 매끈한 아름다움이 드러납니다. 이 와인은 투박하리라는 예상과는 달리 맛과 질감의 새로운 조합을 보여주었습니다. 특히 타닌의 강도는 이 와인의 정체성을 보여주는 척도입니다. 또 하나의 와인 사페라비 레드 역시 풍부하고 강렬한 아로마를 뿜어내는 타닌감이 강한 와인입니다. 사페라비는 껍질이 두껍고 과육의 색이 진해서 아주 진한 색상의 와인이 만들어집니다. 그래서 농축미와 타닌감으로 이 와인의 성격을 결정합니다. 블랙베리와 카시스 풍미가 깊이와 감칠맛을 선사합니다. 아쉬운 점은 다소 허약한 근육의 질감입니다. 일단 크베브리에서 탄생된 이 두 와인은 수많은 와인들에서 만나지 못하는 또 다른 개성으로 기쁨을 주기에 모자람이 없습니다. 무엇보다 깨끗함과 순수함을 만나는 것도 즐겁습니다. 따뜻하고 풍미 있고 부드러운 이 두 와인이 보여준 것은 와인의 미래를 와인의 과거에서 이해하게 하는 특별함을 제공해주었다는 사실입니다.

오렌지 와인 르카치텔리와 함께하기 좋은 음식으로 생굴과 성게를 추천합니다. 짭짤한 미네랄이 흘러나오는 바다에서 온 식재료들은 가볍거나 묵직한 오렌지 와인과 제격입니다. 또한 오래 숙성된 경성 치즈들로 플레이트를 준비하면 구조감과 타닌감이 강한 크베브리 와인과 잘 어울릴 것입니다.

오늘은 조지아의 전통적인 방식으로 만든 크베브리 와인을 통해 8,000년 전부터 고대인들이 마셨던 와인 맛을 경험해보았습니다. 고대인들은 이런 와인을 마시고 축제를 벌였을 것입니다. 그리스, 로마 사람들 또한 와인을 마시고 취하면서 몸의 아름다움과 연애의 쾌락을 한껏 추구하는 것을 삶의 중요한 가치로 생각했습니다. 와인은 디오니소스가 우리에게 준 선물입니다. 즉 신의 선물입니다. 그리스, 로마 사람들은 아폴로의 멋진 태양마차도 좋아했지만 술에 취한 디오니소스의 노랫소리도 사랑했습니다. 오늘은 조지아 와인에 취해서 아름다운 아리아드네에게 받은 포도 나뭇잎 화관을 쓴 디오니소스가 되고 싶습니다.

니콜라 가르타, 〈디오니소스와 아리아드네〉.
이탈리아로마 국립 현대미술관 소장

Part5

와인에
더하여

커피, 헤이리

그리고
세상 읽기의
어려움

사랑은 커피와 함께 시작된다

커피 맛의 변천사

ETHIOPIA CHELBA Natural Single Origin

이제 책장의 연애편지 따위는 잊어요.

옛 사진들이나 절망 섞인 낙서도 잊기로 해요.

거울에서 허상을 걷어내고

여기 앉아 마음껏 삶을 즐겨봐요.

이 시를 쓴 데릭 월컷(1930~2017)은 영국계 아버지와
아프리카 노예 혈통인 어머니 사이에서 태어났습니다. 그
녀는 문학적으로는 성공했지만 사랑은 매번 실패했습니

다. 이 시에서 사랑의 절망 속에서도 자신을 찾아가려는 시인의 열망을 봅니다.

시인의 절망과 아픈 사랑에서 나의 젊은 시절 처음 마셔본 커피의 충격적인 쓴맛에 대한 추억을 불러냅니다. 커피 한 잔을 들고 저 멀리로 멀어져간 첫사랑을 더듬거리며 찾아가볼까요. 다방이란 곳에 가서 그녀와 함께 마셔본 커피는 예상을 초월하는 맛이었습니다. 세상에 이런 걸 왜 마시지? 그런 생각이 먼저 떠올랐습니다. 그 커피의 쓴맛은 그저 입안에만 머무르지 않았습니다. 그것은 혀로부터 목구멍을 타고 내려가서 내 젊음의 중심에까지 닿았습니다. 그러니까 이제 막 성에 눈뜨던 쾌락의 영역까지 그 쓴맛이 전달되었습니다. 첫사랑으로 안내하는 방식으로는 그 쓴맛이 다소 과격하게 느껴졌습니다. 그것은 당연히 단맛이어야 하는데 말입니다.

하지만 우리들의 서툰 사랑이 그러했듯, 커피 또한 처절한 쓴맛 뒤에 만화경 같은 다양한 풍미가 존재한다는 사실을 훨씬 나중에 가서야 깨닫게 됩니다. 커피의 쓴맛 너머의 가치를 발견하고 이해한다는 것은 마치 어둠 속에서 살다가 누군가에 의해 갑자기 햇볕으로 이끌려나온 것과 같은 눈부신 경험의 세계입니다. 요즈음 트렌드가 되는 스페셜티 커피는 새로운 커피세계를 보여줍니다. 결코 커피는 쓰지 않고 달콤하고 부드럽고 꽃향기를 선사하는

와인 너머, 더 깊은

멋진 풍미를 지닌다는 사실을 말입니다. 어떤 커피 전문가가 에스메랄다 게이샤 커피에 보낸 찬사를 들어보면 궁극의 커피 맛이 어떤지 짐작할 수 있습니다.

> 한 모금 머금으면 꽃밭의 한 가운데로 순간 이동을 한 듯
> 그윽하게 풍겨나는 장미, 재스민, 오렌지꽃 같은 향기,
> 꿀처럼 끈적이는 듯한 농밀한 단맛,
> 향수를 뿌린 듯 좀처럼 가시지 않는 긴 여운,
> 패션푸르츠나 잘 여문 감귤처럼 부드러운 산미와
> 깊은 복합미 등이 인상적이다.

이렇게 커피는 시대에 따라서 자꾸만 재발견됩니다. 커피 맛은 눈부신 진화를 거쳐왔습니다.

오늘날 커피는 단순한 맛으로 음용하는 음료가 아니라 사랑을 맞이할 때처럼 오감을 열어놓고 기쁨으로 음미해야 하는 생활의 필수품입니다. 아침마다 한 잔의 커피를 마시는 퍼포먼스는 마치 세상을 향해 활짝 감각을 여는 여름의 나팔꽃 같다고 느껴집니다.

오늘 아침 커피는 에티오피아 첼바 내추럴 싱글 오리진 커피입니다. 첫 맛부터 체리와 베리류의 과일 향에 압도됩니다. 동시에 젖은 숲 같은 흙내가 강하고 부드럽고 깊게 드러납니다. 우아한 텍스처로 입안을 휘감다가 피니쉬에 도달하기 직전에 오렌지향이 바람에 날리듯 치고 들

어오는 터치가 이 커피의 매력을 충분히 전달해줍니다. 그러면서도 가볍지 않게 살짝 무게감을 지닌 깔끔한 이 오묘한 맛은 도대체 어디서 온 것일까요?

이 커피는 야생커피 맛과 같은 테루아의 맛을 고스란히 전해주고 있습니다. 이 커피 이름 '첼바'에서 드러나듯 재배된 농장과 가공방식에서 특별 관리된 '에스테이트 마이크로 랏' 등급의 커피임을 증명하는 풍미를 그대로 보여줍니다. 마이크로 랏(Micro Lot) 커피는 소규모 농장 혹은 특정 지역에서 생산한 커피를 의미합니다. 이는 농장주가 생산과 수확에서 세심하게 신경을 쓴 커피일 가능성이 높다는 뜻입니다. 커피도 와인처럼 세심하게 재배되고 관리되어야만 최상의 품질을 지닐 수 있습니다. 그리고 '내추럴(Natural)'의 의미는 가공방식을 말하는 것으로 가공방식에 따라 맛과 향미의 차이가 발생합니다. 내추럴 방식은 과육을 그대로 둔 체리 상태로 말리는 것으로, 이 방식은 과육이 발효되는 맛을 동반하므로 깊은 풍미와 과일향이 두드러지는 특징을 지니게 됩니다. 오늘 아침에 마신 싱글 오리진 커피는 왜 에티오피아가 세계 커피 시장에서 여전히 커피의 과거이자 현재이며 또한 미래인지를 여실히 증명해주었습니다.

아침엔 커피, 저녁엔 키스!

나는 커피에서 무엇을 보았나?

오늘의 커피

GUATEMALA Santa Monica Premium Single Origin

영화 〈물랭루즈〉에서 "커피는 아침에, 키스는 저녁에" 가 흐릅니다. 이 노래에는 커피와 키스가 멋지게 대응해 삶에서 커피가 기호품으로 얼마나 낭만적인 요구인지 말해줍니다. 그래서 아침의 커피 한 잔은 하루의 삶 전체의 기조를 결정해주는 어떤 힘을 지녔을지도 모른다는 생각을 언제부턴가 해왔습니다. 시작의 느낌을 이보다 더 선명하게 담아낸 냄새가 커피 말고 또 있을까요.

풍부하고 훌륭한 향미를 뿜어내는 한 잔의 커피가 한 사람의 영혼을 달래주었다고 한다면, 때로는 또 한 잔의 커피가 사람들의 기분을 한껏 고양시켜 하루의 출발을 상큼하게 이끌어주었다면, 커피는 단순한 사물이 아니라 사람들의 정서를 지배하는 위력을 가지고 있는 물질임이 틀림없습니다. 어쩌면 커피가 정신의 무게감 같은 깊이를 지닌 존재가 아닐까? 하고 좋은 커피를 마실 때마다 생각해봅니다.

어떤 것을 볼 때
정말로 그것을 알고자 한다면
오랫동안 바라봐야 한다.

미국 시인 존 모피트의 시 「어떤 것을 알려면」이 보여주는 예지는 다시 이어집니다.

초록을 보고 숲의 봄을 보았다는 말은 충분치 않다.
시간을 갖고 그 잎들에서 흘러나오는
평화와 만날 수 있어야 한다.

커피를 오랫동안 마셔왔지만 커피 세계의 핵심에 도달하기는 쉽지 않았습니다. 커피는 무궁무진한 물질을 함유한 복합체입니다. 그토록 탐닉한 커피에서 나는 결국 무엇을 보았던 것일까? 평화는 고사하고 숲의 봄이라도

와인 너머, 더 깊은

만나기나 한 것일까? 오늘 아침 문득 깨달은 사실은, 커피가 제공하는 것은 맛과 향뿐만이 아니라 어떤 에너지를 부여해준다는 사실입니다. 커피 한 잔에서 뿜어져 나오는 그 에너지가 나를 긍정의 삶으로 오늘의 여기까지 이끌어왔다는 교감 때문에 이 아침의 햇살이 더 풍요롭고 신선하게 다가옵니다.

모든 인간은 결국 에너지에 이끌린다고 합니다. 아름다움도, 친절도, 미소도, 권력도, 재력도 이와 같은 모든 것은 에너지입니다. 삶의 즐거움도, 건강도, 고통도, 기쁨도, 연애도, 포옹도, 자애로움도, 재능도, 풍기는 매력도, 부드러움도, 달콤함도, 시원함도, 화려함도 그리고 유머와 간결함과 젊음까지도 이런 모든 가치는 재생 가능한 에너지로 바꿀 수 있어야 합니다. 오늘 아침 향기로운 커피의 에너지가 나에게 긍정의 마인드를 제공해주었듯이 말입니다. 제러미 리프킨의 말에서 그 어떤 가능성을 봅니다.

에너지는 인간 삶의 기반이자
문화의 기반이기도 하다.

그래서 하루를 시작하는 출발의 퍼포먼스로서 모닝커피는 조금 더 사치스러워도 되겠다는 게 제 생각입니다.

오늘 커피는 헤이리 예술마을에서 뮤지엄 카페의 콘

셉트로 최근(2018년 12월)에 문을 연 '르 시랑스'에서 로스팅한 과테말라 산타모니카 프리미엄 싱글 오리진 스페셜티 커피입니다. 아주 곱지만 고르게 분쇄된 이 커피는 풍미가 효모처럼 살아 있습니다. 처음 한 모금에서 특유의 스모키 향이 전설처럼 나타났다가 사라집니다. 고급스럽게 느껴지는 향미가 입안을 가득 채우면서 풍만한 바디감으로 열대 과일 향이 음악처럼 흐르더니 적절한 산도가 혀를 자극합니다. 캐러멜의 단맛으로 길게 이어지는 피니쉬를 마지막으로 즐기면 마치 여름날 소나기를 만나듯 빗줄기 같은 향에 흠뻑 빠져드는 충만한 아침입니다. 하지만 이 모닝커피가 뿜어내는 뜨거운 에너지가 저녁의 키스를 불러올 수 있을지 나는 자못 궁금해집니다.

왜 스페셜티 커피일까

한 잔의 인생 커피는 내가 실존하고 있음을 일깨워주는
구체적 느낌이다

오늘의 커피

COLOMBIA La Francia Single Origin

제가 쓴 커피 시음 후기를 읽고 정말 그런 맛과 향이
느껴지느냐고 물어보는 분들이 계십니다. 사실대로 말한
다면 커피가 보여주는 맛과 향은 제가 표현하는 것보다
더 다양합니다. 커피 플레이버 휠이 와인보다 훨씬 더 복
잡하니까요. 커피가 지닌 포텐셜을 다 표현하기에는 저의
미각이 딸릴 뿐입니다. 그렇다면 당신은 특별한 커피를
마시는지 묻는다면 그렇다고 대답해야겠지요. 지금 커피

와인 너머, 더 깊은

시장은 변하고 있습니다. 반도체나 컴퓨터 산업에 빗대어 커피 시장이 제3의 물결 시대로 진입되었다고 하지요. 네슬레의 네스 카페로 대표되던 인스턴트 커피가 제1의 물결이었다면, 스타벅스로 대표되는 프랜차이즈 커피는 제2의 물결이 됩니다. 그리고 새로운 물결이 커피 시장에 등장했습니다. 이것은 제3의 물결로 일컬어지는 스페셜티(Specialty) 커피입니다.

오늘날 커피는 단순한 음료가 아니라 명실공히 문화적 음료로 발전되고 있습니다. 스타벅스 창업자 하워드 슐츠는 커피로 대변되는 문화를 표방하면서 사세를 확장해 글로벌 기업으로 자리매김했습니다. 그가 이끌어온 커피 문화는 분명 의미가 있었지만, 커피 맛의 표준화를 무기로 하는 스타벅스는 지금 한계에 부딪혔습니다. 커피의 진정한 향미를 추구하는 매니아들의 요구에 부응할 수 없기 때문입니다. 스타벅시즘(Star-bucksism)으로 상징되는 커피 맛의 몰개성화에 반기를 들고 반스타벅스 전선이 구축되면서 커피 애호가들은 스페셜티 커피를 내세워 와인처럼 커피 고유의 테루아를 즐기려는 운동이 들불처럼 번지고 있습니다. 스페셜티 커피운동에 힘입어 커피 생산국들은 소비자들의 요구에 맞는 고품질의 고가 생두를 생산해내는 것으로 새로운 활로를 마련했고, 이에 따라 커피 시장은 빠르게 재편되고 있습니다. 품질 개선을 위한 커피 생산국들의 노력은 농원별, 밭 구역별로 상품화하는 등 보다 작은 단위로 생산 관리하는 방식이 도입되어 이제는 고품질의 다양한 커피를 만날 수 있게 되었습니다.

　스페셜티 커피는 커피 스스로 자신의 이야기를 모두 드러내주어야 합니다. 다시 말하면 한 모금 커피를 마셨을 때 자신이 어디서 왔고, 누가 길렀으며, 어떤 품종이며, 자랄 때 우기였는지 건기였는지 말해주어야 하고 어떻게 로스팅하고 어떻게 드립했는지 등 커피 자신과 관련된 모든 이력을 말해주어야 합니다. 이런 커피가 진정 스페셜티 커피입니다. 우연히 마신 커피 한 잔이 나를 깨우고 내 영혼을 달래주었다면 이 커피는 그냥 한 잔의 커피가 아닙니다. 이것은 궁극의 커피로서 내가 만난 인생 커피입니다.

　내가 실존하고 있음을 일깨워주는 구체적 느낌이다.

　세계적인 커피 로스터 인스토레이터가 말한 이 커피에 대한 언급은 커피의 가치와 의미를 구체적으로 드러내준 말입니다. 이제 커피를 마시는 사람들은 '이 커피 참 맛있다'라는 단순한 평가를 넘어 좀 더 커피의 토착적인 가치, 다시 말해서 커피가 생산된 땅과 커피를 기르고 수확하고 가공하기까지 공헌한 생산자들의 땀방울을 이해하려는 노력이 필요합니다. 커피를 만드는 어려움이나 그 배경에 있는 역사나 문화를 알면 커피의 가치가 더욱 깊

와인 너머, 더 깊은

이 있게 이해할 수 있고 커피 고유의 향미를 더욱 잘 느낄 수 있기 때문입니다. 아무 생각 없이 만든 커피는 맛에 깊이와 향미가 없습니다. 그런 커피는 감동을 줄 수 없습니다. 오늘 당신이 마신 커피는 어땠습니까? 기억에 남는 한 잔이었나요? 그 커피숍을 찾아갈 때 두근두근 가슴 설레는 기대감으로 갔었나요?

　　저는 아르헨티나 탱고처럼 에스프레소가 녹아들어
　　황홀한 감각에 빠져들게 하는
　　커피를 만들고 있습니다. 제가 만드는 에스프레소는
　　여운이 오래 남습니다.
　　침대에서 사랑하는 남녀가
　　포옹하고 잠이 들듯이 말입니다.

　　두근거리는 기대감을 품고 다나카 가스유키가 만드는 이 커피를 마시려면 도쿄 시모키타자와에 있는 베어 폰드 에스프레소를 찾아가야 합니다. 물론 커피보다 훌륭한 것들이 세상에는 많이 있지만, 우리는 어쨌든 커피를 사랑합니다. 그래서 커피를 찾아가는 여행은 계속됩니다.

　　콜롬비아 라 프란시아 싱글 오리진 커피는 달콤하고 화사한 꽃향기를 던지는 뉘앙스로 다가옵니다. 그리고 헤즐럿과 캐슈넛 류의 견과류 향이 풀 바디하게 입안을 채워줍니다. 조금 진하게 추출된 이 커피는 초겨울 첫눈의

습기 머금은 무게감처럼 묵직하게 느껴집니다. 그리고 처음에는 드러나지 않던 산도가 한 모금 목 넘김 뒤에 아주 산뜻하게 찾아옵니다. 뜻밖에 방문한 소녀처럼.

스타벅스 밀라노 1호점의
세일링 포인트는 무엇인가

미각이 싫증 난 시대,
새로운 감각과 경험에 굶주린 고객들

오늘의 커피

STARBUCKS Caffe Mocha

과일의 맛이 과일 자체에 있는 것이 아니라
미각과의 만남에 있다.

보르헤스는 말했습니다. 이 말은 결국 과일의 맛은 먹
는 사람의 마음에서 비롯된다는 의미입니다. 그러니까 식탁의 즐거움은 마음에서 오는 것이지, 결코 음식의 재료나 입에 있는 게 아니라는 뜻입니다. 우리는 눈으로, 귀로, 코로, 기억으로, 상상력으로, 그리고 몸의 장기로 음식을 먹습니다. 그리고 사람은 음식과 긍정적인 혹은 부정적인 관계를 맺습니다. 이런 관계를 통해서 음식은 사람의 감정과 감각에 깊이 관련되어 있습니다.

『레 미제라블』의 장 발장은 굶주린 식구들에게 먹일 빵 한 덩이를 훔쳤다는 이유로 19년간 투옥되었습니다. 그가 감옥에서 막 나와 모든 사람에게 배척당하고 굶주린 채 거리를 헤매고 다니다 미리엘 주교의 집에 가는데, 거기서 그가 대접받는 음식은 양고기 한 점, 무화과, 신선한 치즈, 호밀 빵 한 덩어리에다 오래 숙성된 와인 한 병이었습니다. 장 발장의 절망적인 허기 뒤에 맞이하는 이 식사는 독자들에게 안도와 아름다움과 만족감을 선사합니다. 세상에서 이보다 더 감동을 주는 식사는 아마도 흔치 않을 것입니다. 허기는 인간존재를 허물어뜨립니다. 그러나 가장 동물적인 측면에서 생존과 직결되는 이와 같은 영양섭취의 영역에 예술이나 문화적 행위가 개입하는 것은 분명 하나의 사건입니다.

마들렌은 가리비 모양의 작은 스펀지케이크입니다. 세계문학사에 엄청난 영향을 끼친 프루스트의 『잃어버린 시간을 찾아서』로 인해 마들렌의 존재를 알게 된 사람들

와인 너머, 더 깊은

이 더 많을 것입니다. 3,000쪽짜리 방대한 소설을 끝까지 읽지는 못했더라도 일곱 권 가운데 첫 권의 시작 부분 마들렌의 에피소드는 누구에게나 널리 알려져 있습니다. 이 소설의 화자 마르셀이 홍차에 적신 마들렌 맛에 이끌려 기억 속의 어린 시절을 찾아가는 장면에서 이야기가 시작됩니다. 이 유명한 장면은 후각으로 인하여 강한 감정과 함께 과거의 일이 떠오르는 효과를 뜻하는 이른바 '향기가 기억을 이끌어낸다'는 프루스트 현상을 만들었습니다. 이처럼 냄새는 강렬한 어떤 힘을 갖고 있어서 사람들을 기억으로 연결해줍니다. 우연히 감지한 음식냄새를 통해 그때 어떤 장소에서, 누구와 함께 있었는지, 어떤 행동을 했었는지를 감정으로 환기해준다는 사실을 우리는 프루스트를 통해서 알게 되었습니다. 이처럼 음식이 이야기와 관련되었을 때 새로운 감각으로 맛을 변화시킨다는 것을 이해하게 됩니다. 후각, 시각, 촉각, 미각 등의 모든 감각을 동원하여 음식을 수용하는 인간은 다른 동물과는 달리 생각을 먹는 존재이기 때문에 음식이 상상력으로 채색되면 맛의 영역에 새로운 변화를 일으킵니다. 그러니 과일이나 커피를 비롯한 모든 음식과 음료의 맛은 기본적으로 인간의 마음이 결정하는 것이지 단순히 재료 그 자체에 한정되지 않습니다.

인류는 오랫동안 궁극의 맛을 찾아 미지의 세계를 떠돌다 다시 식탁으로 돌아왔습니다. 이제 사람들의 미각은 과거와 다른 것을 원합니다. 오늘날 음식은 단순히 허기를 달래는 차원을 떠나 만지고, 냄새 맡고, 눈으로 즐기고, 맛보고, 상상하는 감각으로 과거와 미래를 통해서 이해됩니다. 마이클 폴란이 이런 현상을 지적했습니다.

> 지금은 미각이 싫증 난 시대이며,
> 새로운 맛과 새로운 감각에 영원히 굶주린 시대이자
> 모든 종류의 직접 경험에 목말라 있는 시대이다.

이런 점을 예리하게 포착한 스타벅스 밀라노 1호점은 새로운 감각과 새로운 경험에 굶주린 현대인의 시각에서 디자인되었습니다. 스타벅스는 1971년 시애틀의 파이크 플레이스 시장에서 커피를 볶아 소매하는 업체로 출발했습니다. 종업원 가운데 한 사람이었던 하워드 슐츠가 이 회사를 인수하고 난 뒤부터 커피숍 사업을 확장하기 시작해서 지금은 전 세계 78개국에 2만 5,000여 개의 매장을 갖춘 글로벌 커피 프랜차이즈로 성장했습니다. 하지만 커피에 관해 세계에서 가장 까다로운 입맛과 자부심으로 무장한 이탈리아 사람들에게 다가가기는 쉽지 않았습니다. 2018년 9월에 오픈한 밀라노 1호점은 여러모로 우려와 기대 속에 사람들의 관심이 쏠릴 수밖에 없었습니다.

에스프레소의 본고장에 뒤늦게 진출한 스타벅스는 고전적인 이탈리아식 건물에 화려한 인테리어와 설비를 갖

와인 너머, 더 깊은

춘 700평 규모의 최고급 '리저브 로스터리'로 엄청 공을 들였습니다. 전문 바리스타들이 최상의 커피를 추출하는 모습을 고객들이 가까이에서 지켜보며 대화가 용이하게 매장을 디자인했습니다. 세계에서 3번째로 큰 대형 로스터 기기를 매장 중앙으로 끌어들여 커피 생두가 로스팅되는 과정이 고스란히 노출되도록 특화했습니다. 여기에다 이탈리아 정통 화덕피자와 각종 빵이 만들어지는 모습을 매장에서 경험할 수 있게 오픈함으로써 고객에게 제공되는 주요 제품의 전 과정이 체험되는 방식으로 배치되어 있습니다.

이탈리아인들과 그들의 커피문화에 대한
이해와 존경심을
매장 디자인에 담았다.

하워드 슐츠의 이 말은 밀라노점에서만 누릴 수 있는 특별한 경험과 함께 최상의 커피와 서비스를 새로운 감각으로 제공하려는 그의 의도를 엿볼 수 있습니다.

에스프레소 한 잔을 마시기 위해 스타벅스를 찾아가지는 않을 것이라는 부정적 전망을 뒤로하고 밀라노 1호점은 개점 후 6개월이 지나면서 손님들이 밀려들기 시작했습니다. 주말에는 긴 줄 때문에 입장이 힘들 정도의 호응을 이끌어냈습니다. 우리는 이제 커피를 마시면서도 사실을 마시지 않습니다. 대신 기억을, 사랑을, 우정을, 젊음을, 분노를, 욕망을, 그리고 브랜드와 라이프 스타일을 마시고 소비합니다.

헤이리 브랜딩

브랜딩은 변화를 불러일으키는 힘이다

오늘의 와인

L'INSIEME Vino Rosso da Tavola Elio Altare

　헤이리 예술마을 19차 정기총회(2017년 3월)를 기점으로 그동안 진행되어왔던 시각 아이덴티티 디자인 프로젝트가 완결되었습니다. 이는 헤이리 예술마을을 브랜드 개념에서 새 출발하려는 집행부(이사장 이정호)의 의지를 담은 것으로 꿈이면서 동시에 용기였습니다. 20여 년이 흐르는 동안 점점 낡아가고, 늙어가고, 활력이 떨어지는 마을의 이미지를 가을바람에 흩어지는 낙엽처럼 방치해둘 수는 없는 일이었습니다. 누군가가 나서서 탄력이 떨어져

와인 너머, 더 깊은

가는 마을에 활기차고 재미있게 이야기를 부여해야 했습니다. 번 슈미트는 미학적 마케팅에서 역설했습니다.

> 브랜드가 하나의 문화가 될 때
> 성공이 가능해진다.(킨포크처럼 하나의 스타일을 만드는 것)

그렇다면 헤이리 예술마을을 대중에게 더 많이 사랑받는 브랜드로 키워가면 안 될까 하는 질문에서 이 프로젝트가 출발되었습니다. 마을을 하나의 고유한 브랜드로 끌어올리겠다는 야심 찬 발상은 힘들고 위험하고 험난할 수도 있지만 충분히 가치를 지닌 멋진 도전이라고 모두 생각했습니다. 그리고 뉴욕에서 활동하는 젊은 디자이너 강이룬 씨(Eroon Kang)에게 브랜드 아이덴티티(BI) 작업을 의뢰하게 되었습니다. 이 프로젝트를 앞두고 그는 말했습니다.

> 표현해야 할 것은
> 개념적으로 단순하고 마땅하게 표현하겠다.

그리고 그는 헤이리 예술마을 아이덴티티의 기능적 목표를 설정하는 동시에 시각적 주목성과 헤이리의 숙원사업인 길안내 체계(Wayfinding System)에 역점을 두고 작업을 진행했습니다. 이제 그 결과물이 우리 앞에 놓여 있습니다.

브랜딩이란, 자신만의 정체성을 가지고 다른 사람과 관계를 맺어가는 것이라고 할 때 헤이리 시각아이덴티티의 제정은 사람들과 관계 맺기 위해서 매개되는 제품이나 서비스, 사람, 조직, 장소 또는 공익적 이슈 등을 망라하여 브랜드화하려는 노력이 뒤따른다는 책무를 지닙니다. 그래서 이것은 마을의 브랜드 개발과 이를 브랜딩해야 하는 시작에 불과할 뿐 현 집행부나 또 다음 집행부 앞에 놓인 과제는 몇 개의 산을 넘어야 하는 길고 힘든 노정이 펼쳐져 있는 모양새입니다.

　　마을을 브랜딩 하려는 의지로 우리는 감히 말하려 합니다. 용기와 상상력이 풍부한 헤이리 예술마을의 상징적인 브랜드를 만들고 싶다고.

　　걱정 말고 바보가 되어라,
　　브랜드가 살아 있고 호흡하고 실수할 수 있도록 두어라,
　　사람이게 하라.

　　그렇습니다. 완벽한 브랜드가 아니라 사람처럼 살아 있는 헤이리 고유의 브랜드를 표현해야 합니다. 그리고 이를 매력적으로 브랜딩하여 헤이리 예술마을이 이를 앞세워 사람들에게 보다 풍부한 삶을 제공하고 창조적인 생산성을 자극할 수 있게 해야 합니다.

브랜딩은 변화를 불러일으키는 힘(혁신)이라고 합니다. BI체계의 도입에서부터 새롭게 리뉴얼되는 헤이리는 문화와 예술을 지향하는 마을의 이미지 제고에 획기적인 변화를 불러올 것으로 우리 스스로 믿어봅니다. 오늘 와인은 헤이리마을의 혁신을 꿈꾸고 앞장서서 실행에 임하고 있는 이정호 이사장 집행부 멤버들과 함께 시음할 예정이므로 이 분위기에 안성맞춤인 와인을 고심해서 찾았습니다. 이 모임의 성격에 비추어볼 때 이보다 더 적절한 와인을 찾기는 어려울 듯합니다.

이탈리아보다 와인산업의 혁신을 급격하게 이루어낸 산지는 전 세계를 통틀어도 찾아보기 어렵습니다. 물론 와인의 역사가 이탈리아보다 오래된 국가도 드물지만, 그렇게 오래된 포도 재배법과 양조법이 다양하게 전통적으로 유지 계승되어온 나라도 없습니다. 그럼에도 불구하고 국제적인 명성과 위상은 프랑스를 비롯한 독일 등 다른 나라의 그늘에 가려져 있었습니다. 품질의 혁신은 1960년대 말부터 시작되어 1980년대에는 이탈리아 전역에 걸쳐 폭발적인 확산을 불러왔으며 그 결과 촌스러움에 머물러 있던 피에몬테와 토스카나 로컬 와인이 와인 애호가들을 흥분시키는 국제적 수준의 품질로 격상되었습니다. 이 두 와인 산지는 이탈리아에서 가장 유명한 와인의 메카입니다. 이곳은 다른 나라에서는 유래를 찾아보기 어려운 두 가지 와인 양조 방식 즉 전통적인 스타일이냐 현대적인 스타일이냐를 놓고 현재까지도 논쟁이 진행 중인 산지이기도 합니다. 전통적인 와인 양조 스타일과 현대적인 스타일은 모두 매력적인 와인을 만들어내고 있습니다. 하지만 당시에 전통에만 머물러 있던 고집스러운 양조 스타일에 역동성을 부여한 인물이 바로 엘리오 알타레입니다.

엘리오 알타레는 바롤로 지역의 셀러와 포도밭에 테크닉의 혁명을 불러왔습니다. 발효조의 로테이션, 짧은 발효 기간, 작은 바리끄에서의 에이징 등의 변화를 통해 그는 일찍 마실 수 있으면서도 부드럽고 풍만하고 화려한 풍미에다 높은 퀄리티를 지닌 와인을 탄생시켰습니다. 그의 이러한 혁신적 방식은 오늘날 이탈리아 전역에 걸쳐서 보편화되었습니다. 그래서 현대적인 스타일의 고품질 와인을 만들고자 하는 젊은 생산자들에게 하나의 기준이 되는 인물입니다. 그는 현재 젊은 바롤로 생산자들의 정신적 스승이며 그의 영향은 이탈리아 전역에 널리 뻗어 있습니다.

린시에메는 바롤로 지역 여덟 명의 생산자가 공동으로 위대한 와인을 만들기 위해 도전한 프로젝트 와인입니다. 엘리오 알타레를 정점으로 모인 그들은 서로 각자의 지식과 제안과 품평을 토대로 모든 장점을 표현해 이 와인을 만들고 있으며 블렌딩 비율을 서로 다르게 함으로써 구성원 각자의 개성을 드러내줍니다. 그래서 여덟 종류의 린시에메가 존재합니다. 그중에서 최고는 정신적 지주 엘리오 알타레의 린시에메입니다. 기회가 되면 여덟 종 한 세트의 린시에메를 소장하고 싶습니다.

와인 이름인 '린시에메'는 영어의 'Together'에 해당하는 '함께'라는 의미입니다. 여기에는 여러 생산자가 협동해서 와인을 생산한다는 의미와 더불어 이 지역의 전통적인 포도품종(네비올로, 돌체토, 바르베라)과 국제품종(카베르네 소비뇽, 메를로, 시라 등)을 함께 섞어 세계 최고의 와인을 만들겠다는 의미가 담겨 있습니다. 이 와인은 바롤로에서 나왔지만 아펠라시옹이 '바롤로'로 표기될 수 없습니다. 바롤로는 오직 네비올로 단일품종으로만 생산해야 하기 때문입니다. 그래서 이탈리아 와인법상 최하등급인 '비노 다 타블라(테이블 와인)'가 되었습니다. 또한 이 등급은 생산연도를 레이블에 표기할 수 없으므로 넌빈티지로 발매됩니다. 하지만 레이블을 자세히 살펴보면 로트번호에 빈티지가 숨겨져 있음을 전문가들은 찾아냅니다.

알타레의 2005년 린시에메는 카베르네 소비뇽 40퍼센트, 네비올로 20퍼센트, 바르베라 20퍼센트 그 외 돌체토, 시라 등이 조금씩 배합되었습니다. 네비올로 품종은 다른 품종과 블렌딩을 하지 않습니다. 이것이 이 지역의 오랜 관행이요 전통입니다. 린시에메는 그런 관행을 과감히 깨트린 와인답게 향미의 스펙트럼이 넓어졌습니다. 또

한 네비올로도 화합력이 있다는 것을 입증해 보여주면서 블랙라즈베리와 체리의 뉘앙스에다 체다향이 깊게 드러나는 스파이시한 맛을 드러냅니다. 강렬한 루비컬러의 가장자리에는 호박색이 보이는 것으로 보아 꽤 숙성이 진행되었음을 알 수 있습니다. 바롤로보다 더 뛰어난 와인으로 부드럽고 다층적이고 복합적인 풍미와 함께 긴 피니쉬를 미덕처럼 갖춘 훌륭한 와인입니다.

엘리오 알타레의 혁신적 도전 정신이 이탈리아 와인 세계에 끼친 지대한 가치를 이 한 병의 와인에서 확인합니다. 헤이리 예술마을의 변화도 그처럼 촉진될 수 있기를 기대하면서 오늘은 마을의 변화를 주도해가면서 뜻을 함께하는 동지들과 저녁 만찬을 즐기며 이 와인을 찬미합니다.

와인 너머, 더 깊은

지역의 가치를 발견하라

로컬푸드, 슬로라이프, 슬로시티를 향하여

오늘의 와인

MEORU de SEO 파주 감악산 산머루 농원

괭이밥 수프를 '시차비오바'라고 한다. ……
나는 따뜻함과 사랑 사이에
주파 시차비오바를 놓고 싶다.
이걸 먹으면 장소를 삼키는 듯한 기분이 든다.
달걀은 이곳의 흙 맛이고, 괭이밥은 이곳의 풀,
사워크림은 이곳의 구름 맛이다.

존 버거(John Berger)는 그의 소설 『여기, 우리가 만나는 곳』에서 삶의 순간마다 만났던 사람들을 회상하면서, 그때 먹었던 음식을 통해 어떤 맛을 느끼며 그 누군가와 함께 머무르던 그 장소와 함께 인생을 이야기합니다. 즐거웠던 과거를 떠올릴 때 음식이 중요한 소재가 되는 것은 그것에는 언제나 애정 어린 손길과 따뜻한 마음이 스며 있기 때문일 것입니다. 위에 인용된 문장 속에는 함께 음식을 나누는 사람들이 서로 얼굴을 맞대고 많은 기억을 떠올리며 즐거움을 공유하면서 기쁨을 느끼는 정경이 그려집니다. 또한 그 지역 먹거리들로 만들어진 이런 음식에는 누가 생산했는지를 아는 데서 오는 편안함과 안전성을 보증하는 함의가 들어 있습니다. 이런 음식들에는 그 장소와 분위기를 포괄하는 그 지역의 고유한 정체성과 문화적 경험이 드러나기 마련입니다. 내가 사는 지역에서 먼 곳이 아니라 가까운 곳에서 생산된 지역 먹거리(로컬푸드)로 만들어지는 음식은 건강뿐만이 아니라 인간과 환경 간의 관계를 향상시키게 됩니다. 그리고 이런 지리적 특성은 곧 아이덴티티를 지닌 하나의 문화로 귀결됩니다. 움베르토 에코는 이런 말을 했습니다.

음식을 만나는 것은 그 지역의 언어뿐만 아니라
맛, 정신, 영감, 삶과 죽음에 대한 태도 등
다른 지역과는 차별되는
그 지역만의 특징을 발견하는 것과 같다.

와인 너머, 더 깊은

이 말은 곧 음식 한 접시에서 느끼는 미각에는 장소와 역사와 정신세계에 대한 테루아(Terroir)가 담겨 있다는 의미입니다. 이 경우는 당연히 그 지역에서 생산된 식재료들로 요리된 음식이어야 하지 않을까요? 하지만 요즘 우리 식탁을 살펴보면 제철 먹거리라는 개념이 사라지고 전 세계에서 공수된 익명의 먹거리가 밥상을 지배하고 있습니다. 조금만 주의해 살펴보면 이런 농산물로 조리된 음식이 온갖 문제투성이라는 것을 알 수 있습니다. 누가 어떤 과정을 거쳐 생산했는지 알 수 없는 정체불명의 농산물, 유전자 조작 농산물, 초장거리 유통과정에서 유발된 농약과 방부제가 대량으로 살포된 먹거리 등은 결코 좋은 먹거리라고 할 수 없습니다. 미국인들은 더 이상 지역에서 먹거리를 구하지 않기 때문에 지역과의 관계가 거의 사라졌다고 합니다. 그들처럼 더 큰 농장, 더 큰 식품 공장, 더 큰 마트를 지향한다면 음식문화는 점차 획일화되고 여러 세대에 걸쳐 다음 수확을 기다리면서 계절의 변화를 체감하던 우리의 일상, 그에 따르는 전통과 축제, 지방이나 가문의 고유한 요리법 등이 사라지고 말 것입니다. 이런 흐름은 일종의 불합리한 표준을 만들어내어 점차 사회적인 문제로 대두할 것입니다.

농업과 식품산업의 글로벌 기업화는 전 세계를 상대로 공급됩니다. 그에 따른 장거리 운송은 더 많은 포장과 냉장, 연료를 필요로 하고 그러므로 엄청난 규모의 자원

낭비와 공해를 유발합니다. 예를 들면 캘리포니아에서 키워진 상추가 5,000킬로미터 떨어진 워싱턴까지 운송되어 목적지에 도착하면 음식의 에너지로 제공하는 것보다 36배나 더 많은 화석 연료 에너지를 운송 과정에서 소모된다고 합니다. 이처럼 점차 보편화되는 먹거리 운송 거리 증가는 동시에 포장의 증가를 발생시키기 때문에 쓰레기 발생 비율을 높이는 문제를 야기하기도 합니다. 문제는 이것으로 끝나지 않습니다. 다국적 농기업 농산물은 규모가 대형화되고 독점화되어 있어 생산 과정에 대한 농민들의 통제력을 줄어들게 합니다. 이로써 농민은 원료의 최저비용 생산자로 전락해 독립적인 농민에서 농업 노동자로 신분이 바뀝니다. 소농의 경제적 전망이 어두워지면서 농촌 지역 사회의 조직이 파괴되는 것은 명약관화합니다. 그 외에도 경작과 동물사육 체계의 단순화, 항생제와 농약의 남용에서 발생하는 환경 문제 등등 문젯거리가 산재합니다. 이런 나쁜 먹거리, 그리고 그와 연계된 나쁜 농업이 지배하는 현실에서 그 대안을 모색해야 할 때가 왔습니다. 또한 로컬푸드는 환경과 생태적인 측면에서도 인류에게 기여하는 바가 크다는 사실을 우리는 인식해야 합니다.

우리는 이제부터 먹거리가 가진 다양한 가치를 탐색하고 유전자 변형 식품과 패스트푸드가 제공하는 전 지구적으로 획일화된 맛에서 벗어나 지역 먹거리로 요리된 지속 가능성을 고려한 식생활로 돌아가야 합니다. 아울러

와인 너머, 더 깊은

우리의 삶을 위협하는 먹거리와 요리를 지켜내기 위한 방안이 진지하게 모색되어야 할 것입니다. 헤이리 예술마을은 이와 같은 문제에 대응하기 위해 지역 먹거리를 통한 음식문화의 새로운 가능성을 찾아 사람들과 소통하려 합니다. 헤이리 예술마을이 파주 지역의 가치를 재발견하고 이 지역에 뿌리내릴 수 있는 활동을 전개하기 위해 노력할 때가 되었습니다. 헤이리 예술마을이 파주에서 외롭게 동떨어진 섬이 아니라 파주 시민의 일원으로 받아들여져야 합니다. 이는 헤이리 예술마을이 마을 창설 20주년을 맞이하여 소위 '그들만의 마을'이라는 오명에서 벗어나 파주 시민들과 함께 꿈과 희망을 나눌 수 있는 활동을 통해 새로운 영역으로 나아가고자 합니다.

그 방법의 하나로 로컬푸드 운동을 어젠다로 삼고자 합니다. 나아가 헤이리 예술마을은 로컬푸드와 함께 슬로라이프, 그리고 슬로시티 운동의 허브가 되어 사람들과 즐거운 삶을 누리면서 자연과 조화로운 관계를 형성하는 동시에 윤택하고 올바른 공동체로 가꾸어 나가야 할 임무를 지닙니다. 헤이리 예술마을은 그 다양하고 풍부한 텍스처를 통해 예술마을로서의 위상과 정체성을 드러낼 수 있어야 합니다. 헤이리 예술마을이 추진하고 이끌어갈 로컬푸드 운동과 슬로라이프 운동이 성공을 거두고 사람들에게 뚜렷이 각인되어 사회 각 분야로 확산된다면 또 하나의 다양성을 확보하는 예술마을로서의 진정한 면모를 지니게 될 것입니다. 이제 헤이리 예술마을이 소외된 농촌에 활기를 불어넣기 위한 새로운 프로젝트에 임하면서 그 사회적 역할을 자청하고 나서야 합니다.

오스카 와일드는 런던의 안개를 가시적인 대상으로 만든 것은 터너의 풍경화라고 했습니다. 런던의 골칫거리일 수 있는 사물을 브랜드로 바꿀 수 있는 것이 바로 예술의 힘입니다. 그리고 하나의 고유한 브랜드가 된다는 것은 이처럼 중요한 문제입니다. 헤이리 예술마을이 예술과 문화적 아우라를 바탕으로 파주 농촌지역의 가치를 발견하고 그것을 가시적인 대상으로 사람들에게 인식시킬 수 있을 때 화가 터너처럼 진정한 예술마을로서의 소명을 다하는 것이라고 믿습니다. 이는 헤이리가 대중들에게 영감을 주고 풍부한 삶을 제공하는 동시에 생산성을 자극하는 문화적 브랜드로 거듭나야 함을 의미합니다. 새로운 문화를 만들어내는 것이 중요해진 이 시대에 헤이리 예술마을이 나아가야 할 방향으로 이 운동이 반드시 성공에 이르기 위해서는 피나는 노력이 필요할 것입니다. 브랜드가 하나의 문화가 될 때 성공할 수 있다고 번 슈미트는 미학적 마케팅에서 역설했습니다. 미국 북서부의 작은 도시 포틀랜드에서 시작된 새로운 경향, 즉 '킨포크 라이프스타일'에서 우리는 그 가능성을 엿볼 수 있습니다.

와인은 슬로푸드를 대표하는 음료이자 식품입니다.

이곳 파주에도 훌륭한 로컬와인이 있습니다. 머루 드 서 (meoru de seo)는 파주 적성면에 위치한 산머루농원에서 생산된 머루 와인입니다. 제품명 머루 드 서는 '서가네 머루'라는 의미의 프랑스식 네임입니다. 머루는 우리나라 토종 야생포도로 서양의 양조용 포도품종 비티스 비니페라 계열이 아니지만 와인으로 만들 수는 있습니다. 물론 이 품종도 자생 머루의 하나인 왕머루에다 포도를 교배하여 얻은 개량종이긴 하지만, 우리나라에서 생산되는 많은 와인들이 양조용 포도가 아닌 식용포도를 사용하고 있는 실정에서 보면 머루 드 서는 머루라는 독특한 포지션을 차지하고 있습니다.

이 와인을 정통 양조용 포도로 만든 외국에서 온 와인들과 비교하는 것은 무리라고 생각합니다. 왜냐하면 우리는 우리의 실정과 현실에서 시장을 개척해나가는 것이 더 의미가 있기 때문입니다. 이 와이너리는 넓은 지하 저장고를 갖추고 연간 300톤의 와인을 생산합니다. 2009년부터 와이너리 체험 프로그램이 시작되면서 방문객이 폭주하여 와인 판매도 순조롭게 이루어지고 있습니다. 그런 의미에서 산머루 농원 와이너리의 약진은 눈여겨볼 필요가 있습니다.

헤이리 예술마을 이정호 이사장 체제가 기획하는 지역의 가치를 발견하려는 이 야심 찬 어젠다가 차기 나아

가 차차기 헤이리 예술마을 집행부의 구상에도 적용되어 지속가능한 프로젝트로 성장해가기를 바라면서 오늘은 파주지역의 로컬와인에 취해보는 의미 있는 시간입니다.

와인 너머, 더 깊은

스스로 꿈을 이루면서 남을 도울 수 있게

헤이리 예술마을의 퍼스낼리티 식물감각

ARBORINA Langhe, Elio Altare 2004

　식물감각은 헤이리 예술마을에 위치한 문화공간이며 레스토랑입니다. 헤이리에서 가장 오래된 파스타 레스토랑으로 17년 동안 50만 명이 넘는 사람들이 다녀갔습니다. 이곳에 오기 전에는 산과 숲이 좋아서 나무와 우리 꽃을 찾아 양평 중미산 속에 터를 마련하고 잠시 살았습니다. 그때 만난 숲과 풀꽃들은 도시의 삶에서 심신이 고단해진 내게 항상 경이로움을 안겨주고 지친 마음을 달래주었습니다. 꽃과 풀, 나무와 숲에 매료되어 책으로 공부하고 실제 산행을 통해 식물을 관찰하고 숲을 이해하기 위해 강좌를 들었습니다. 시간 날 때마다 집 주변에서 멀지 않은 중미산, 화야산, 유명산 일대를 헤매고 다니며 힘들지만 즐겁게 식물생태 탐사를 했습니다. 그때 그 시간이 내게 많은 의미를 부여해주었습니다. 풀 한 포기, 나무 한 그루가 나 자신과 무관하지 않고 나아가 우리의 삶과 밀접하게 맞닿아 있다는 것을 이해하는 일은 새로운 세계가 펼쳐지는 경험이었습니다.

한 나라의 숲을 보면 그 나라의 국력을 알 수 있습니다. 네덜란드인들의 초지와 녹지 조성의 역사는 이제 그들의 자부심이 되었으며, 그 나라 사람들의 유별난 꽃 사랑은 그들에게 거대한 산업으로까지 자리매김하게 해주었습니다. 나는 그 무렵 집 주변 뜰에 야생화와 나무들을 직접 심고 가꾸면서 자연이 베푸는 아름다움에 몰입하곤 했습니다. 이때 배운 식물의 생태와 자연의 이야기는 내 인생의 후반부를 채워줄 문화적 콘텐츠가 되어 헤이리에서의 새로운 사업에 도전할 수 있게 하는 용기가 되었습니다.

그래서 헤이리 예술마을에서 처음 터를 잡고 집을 짓는 일은 '식물과 자연'이 최우선이었습니다. 그저 좋아서 사랑했던 숲과 나무들 그리고 풀꽃들 그것이 지금의 친환경주의, 에콜로지, 느리게 사는 삶이라는 트렌드와 맞아떨어진 것은 나에겐 행운이기도 합니다. 가파른 경사면에 위치한 주어진 대지는 집을 짓기에 결코 좋은 조건은 아니었습니다. 그러나 쉽게 건축하고 비용을 절감하기 위해 산을 깎아내는 것, 나무를 함부로 베어낸다는 것은 나 자신에게 허용할 수 없는 것이었습니다. 많은 수고와 비용을 치르고 지금의 '식물감각'이 탄생했습니다. 결국 풀과 나무, 자연을 최대한 훼손하지 않고 건물을 가파른 경사면에 기대어 놓은 것입니다. 그것은 애초 출발부터 천천히 가기로 작정하였기에 가능한 일이었습니다. 나는 '자연과 숲을 끌어안은 집'을 구상하여 사업의 아우라를 창조해내고 싶었습니다. 많은 사람에게 감동을 주고 공감을 이끌어내기를 내심 원했습니다. 그것이야말로 비지니스의 성공요인이 되리라 믿었기 때문입니다. 많은 이가 무료로 개방되는 갤러리를 좋아하고, 숲과 정원으로 둘러싸인 공간에서 식사를 하고 싶어 합니다. "양계를 하더라도 글 읽는 사람답게 하라"는 다산 선생의 말씀을 사업의 좌우명으로 삼은 셈이지요.

식물감각 1층의 와인샵과 갤러리는 오픈 이래 지금껏, 헤이리 예술마을에 거주하는 화가들은 물론 외부 예술가들에게도 무료로 개방됩니다. 내가 가진 작은 공간이 여러 예술가들의 전시장이 되어 많은 예술 애호가들과 소통할 수 있다는 것은 또 다른 보람이 아닐 수 없습니다. 때때로 헤이리를 찾아오는 단체 방문객들과 학생들에게 '헤이리 예술마을의 생태환경 이야기'를 들려주기도 합니다. 헤이리가 자연과 공존하는 방식을 인문학적으로 펼쳐 보이려는 시도인 셈입니다. 이는 헤이리가 지닌 복잡한 매력을 드러냄과 동시에 대중들과 소통하려는 몸짓이기도 합니다. 또한 나는 와인을 사랑하는 사람으로서 업장에서는 소믈리에 역할을 하는 동시에 고객들과 또 다른 만남을 위해 와인 강좌를 수년간 진행하기도 했습니다. 와인의 매력은 무엇보다도 자연의 산물이며, 슬로푸드를 대표하는 식문화입니다. 또한 와인은 인류역사와 함께해온 문화적 콘텐츠가 풍부하다는 점에서 현대인의 삶에 유용하고, 와인에 내재한 풍부한 스토리텔링은 사람들에게 쏠쏠한 재미를 제공하는 무궁무진한 이야기의 보고입니다. 무엇보다 와인은 모든 만남과 인연을 조화롭게 해줍니다.

경험도 없이 시작했던 식물감각이 이제 17년의 세월을 담았습니다. 그러다 보니 헤이리에서 가장 오래된 대표 레스토랑으로 인식되는 듯합니다. 식물감각의 모토는 '맛있고, 깨끗하고, 올바른 레스토랑'입니다. 경영에 위기가 닥쳐올 때마다 나는 이 모토를 다시 생각하며 기본으로 돌아가서 차분히 생각합니다. 함께 일하는 직원들과 고객들이 즐겁고 행복할 수 있는 공간이 되도록 최선을 다하는 것이 난제를 돌파하는 길이라는 것을 깨닫습니다. 이탈리아 사람들은 음식 이야기를 좋아합니다. 아울러 그들은 음식 이야기를 하면서 진정한 행복을 느낍니다. 아마도 그들의 음식 코드에는 그들만의 열정적인 삶과 영혼이 깃들어 있기 때문일 것입니다. 식물감각은 이탈리아 사람들처럼 즐겁고 여유로운 일상을 위하여 존재하면서 우리 모두의 행복한 마음을 정성껏 담아내 풍요로운 식탁을 차리려고 노력합니다. 사랑하는 이들과 함께 식탁에 놓인 음식을 나누면서 이야기의 꽃을 피우는 정경은 언제나 아름답습니다. 음식은 삶을 기쁘게 하고 지친 사람들에게는 위로가 되어야 합니다. 그리고 사랑과 추억, 고마움과 반가움이 더욱 흥겹게 솟아나는 소중한 시간을 만들어 드리는 것이 식물감각의 임무입니다.

> 우리가 어떻게 스스로 꿈을 이루면서
> 동시에 남을 도울 수 있는지를
> 친구들과 늘 이야기하곤 한다.
> 내가 방문했던 헤이리 식물감각은
> 바로 그런 것들을 위한 고귀한 노력으로 읽힌다.

북한 전문 칼럼니스트 피터 벡의 이 말은 저에게 천군만마와 같은 힘을 주었습니다. 앞으로도 스스로 꿈을 향해 달리면서 동시에 남을 도울 수 있는지를 모색하는 머뭇거림 없는 용기를 내려 합니다.

오늘은 식물감각 오픈 연도와 같은 2004 빈티지 와인을 골랐습니다. 셀러에서 오랫동안 잠들어 있던 이 와인이 어느덧 올드 빈티지로 진화했습니다. 랑케 아르보리나 2004는 혁신의 아이콘 엘리오 알타레가 추구하는 바롤로의 방향을 제시하는 와인입니다. 알타레가 만든 와인 중에서 가장 알타레다운 와인이라 할 수 있습니다. 비교적 일찍 알타레 와인의 진면목을 발견했던 로버트 파커는 이렇게 평가했습니다.

> 알타레의 와인은
>
> 자연적인 부드러움과 유연함을 부여하는
>
> 라모라(La Morra) 포도원의 특성을 드러낸다.
>
> 현대적인 스타일의 양조법을 사용하면서도
>
> 지역적인 특색을 담아내는 것을
>
> 강조하는 와이너리이다.
>
> 내가 알타레의 와인에 처음으로 찬사를 보낸 것은
>
> 지금으로부터 20년 전이다.
>
> (파커가 2005년에 쓴 글이니까 그는 1980년대 중반부터 엘리오 알타레를 높이 평가했음)
>
> 당시 와인 업계의 일부 사람들은
>
> 피에몬테 지역의 무명 와이너리에 대한
>
> 나의 높은 평가에 의구심을 나타냈다.
>
> 오늘날 사람들은 대부분 알타레 와인이
>
> 이 지역 와인 중에서
>
> 최고 수준으로 뛰어나다는 것을
>
> 인정하고 있다.
>
> 사실 알타레의 와인은
>
> 오늘날 이탈리아에서 가장 환상적인 와인 중 하나이다.

2004년은 바롤로 지역의 그레이트 빈티지답게 견고한 구조와 화려한 복합미를 지녔습니다. 부르고뉴보다는 의외로 보르도 최고 수준의 풍모가 느껴집니다. 부르고뉴로 한정한다면 힘과 단단한 구조를 지닌 샹베르탕에 가깝지만 향과 풍미는 보르도 1등급 와인에 필적합니다. 완숙한 타닌과 정교함으로 놀라울 정도의 풍부함과 긴 여운을 가졌습니다. 짙은 루비 색상으로 블랙베리와 블랙 체리, 장미, 허브, 스모키 향의 섬세한 1차적 아로마가 시선을 집중시킵니다. 타닌은 매끄럽고 강렬합니다. 농축된 유연함과 벨벳 같은 텍스추어가 생동감을 부여해주면서 카카오, 나무 향, 그리고 송로버섯, 가죽 향으로 겹겹이 쌓인 부케를 매혹적으로 드러내는 우아한 자태가 아름답습니다. 네비올로의 날카로움이 전혀 없는 달콤한 풍미와 쓴맛의 피니쉬가 길게 이어집니다. 바롤로의 진면목을 비로소 체험하는 환상적인 와인입니다. 이런 와인을 마시면 내가 세상에서 선택된 행운아 같은 자부심을 느끼게 됩니다. 알타레의 아르보리나가 바롤로의 또 다른 지평을 보여주었습니다.

이 와인을 통해 생각해보니 많은 어려움을 견뎌내고 식물감각이 그만큼 연륜을 더해간다는 의미이기도 해서 기쁜 마음입니다. 제가 오늘까지 버텨낸 것은 이 공간을 사랑해주신 고객들 덕분입니다.

세상 읽기의 어려움

이제 진실한 것은 아무것도 없다.
그래도 삶은 꽃보다, 때로, 아름답다

Domaine Gros F&S RICHEBOURG 2009

세상을 읽기가 어렵습니다. 누구의 주장과 견해가 진실인지 판가름하기도 쉽지 않습니다. 이제 "진실한 것은 아무것도 없고 모든 것이 가능하다"고 서구의 어떤 언론인은 말했습니다. 대중은 모든 것을 믿는 동시에 아무것도 믿지 않습니다. 그러니 모든 것이 가능하고 진실은 이제 없으며 진실 따위는 중요하지도 않은 세상이 되었습니다.

지상의 척도는 있는가.

그러한 것은 없다.

― 프리드리히 횔덜린

월드와이드웹(www) 세상이 열리면서 사람들은 정치적 견해와 취향이 비슷한 부류들끼리 모여서 무자비함과 편견을 퍼트리기에 혈안이 되었습니다. 넷 세상이 대개가 익명이고 불쾌한 독설일 때가 많지만 때로는 흥미롭고 가치 있는 목소리들로 왁자지껄합니다. 사이버 세계에 존재하는 수많은 자료에서 자기 이론을 뒷받침해줄 논거를 찾는 것은 얼마든지 가능한 세상입니다. 그러니 누구의 말이 진실인지를 구별한다는 것은 부질없는 노릇일지도 모릅니다. 어떤 태도로 살아가야 합당한 길일까요?

그러나 감사할 것 아직 있다.

빵은 지상의 열매이나 천상의 빛의 축복을 받은 것이며,

와인의 기쁨 역시 천둥의 신에게서 오는 것.

그러므로 우리는 빵과 와인을 먹으며 신들을 생각한다.

한때 지상에 왔었고 때가 되면 다시 돌아올 신들을.

그 때문에 가인들도 마음에서 우러나

주신(酒神)을 찬양하리니

칭송의 노래, 주신에게 꾸민 듯 공허하게 들리지 않으리라.

― 프리드리히 횔덜린, 「빵과 포도주」

와인보다 더 깊은

초판 1쇄 인쇄 2021.03.12
초판 1쇄 발행 2021.03.22

지은이 마숙현
펴낸이 김선식

경영총괄 김은영
편집주간 김지환
디자인 choi design studio
마케팅본부장 이주화
채널마케팅팀 최혜령, 권장규, 이고운, 박태준, 박지수, 기명리
미디어홍보팀 정명찬, 최두영, 허지호, 김은지, 박재연, 임유나, 배한진
저작권팀 한승빈, 김재원
경영관리본부 허대우, 하미선, 박상민, 김형준, 윤이경, 권송이, 이소희, 김재경,
　　　　　 최완규, 이우철

펴낸곳 다산북스 출판등록 2005년 12월 23일 제313-2005-00277호
주소 경기 파주시 회동길 490
전화 02-704-1724
홈페이지 www.dasanbooks.com
이메일 samusa@samusa.kr
종이 · 인쇄 · 제본 · 후가공 ㈜갑우문화사

ISBN 979-11-306-3584-2 03810